생각의 밀애

초판 1쇄 인쇄   2013년 05월 29일
초판 1쇄 발행   2013년 06월 05일

지은이   이 찬 석
펴낸이   손 형 국
펴낸곳   (주)북랩
출판등록   2004. 12. 1(제2012-000051호)
주소   153-786 서울시 금천구 가산디지털 1로 168,
우림라이온스밸리 B동 B113, 114호
홈페이지   www.book.co.kr
전화번호   (02)2026-5777
팩스   (02)2026-5747

ISBN 978-89-98666-80-4 03810

이 도서의 국립중앙도서관 출판시도서목록(CIP)은 서지정보유통지원시스템 홈페이지(http://seoji.
nl.go.kr)와 국가자료공동목록시스템(http://www.nl.go.kr/kolisnet)에서 이용하실 수 있습니다.
(CIP제어번호 : 2013007671)

생각의 밀애

이찬석 지음

하루를 어떻게 보내고 있는지를 보고
전 생애를 들여다볼 수 있다.
그래서 오늘 하루를 굉장히 소중한 거라는
하루를 잘사는 것은 내 일의 삶을
가오보다 중요하겠다는
더 가치 있는 미래는 현재를 하루를 잘사는 것보다
현재에 의해 만들어진 시간이다.

book Lab

책을 내면서

　지금보다 덜 힘들고 좀 더 행복한 시간을 보낼 수 있습니다. 생각을 조금만 바꾸어서 살아간다면 말이지요.

　그대와 나의 하루는 지금처럼 가슴 시리도록 부족하지는 않을 것입니다.

　누구나 비틀거립니다.

　우리가 생각의 밀애를 통해 얻어야 할 것은 작은 것에 만족하고 얻은 것에 자만하지 않으며 얻고자 할 때 내 자신과 삶의 여유를 잃어버리지 않은 마음의 자세입니다.

　황급한 걸음으로 행복을 좇아가다 도달하기 전에 지쳐 있는 자신을 발견합니다.

　긍정적인 생각이 희망의 길을 선택하고 열어가는 사공이 되어 줍니다.

　좀 더 지혜로운 답을 얻을 수 있기를 희망하면서 살아가는 마음가짐이야말로 지금 우리 앞에 필요한 삶의 보석이고 친절한 안

내자를 만나는 길입니다.

 같은 실수를 반복하지 않고, 좀 더 기쁘게 웃을 수 있기를 희망하다 보면 그런 묵상들이 쌓여 어제보다는 온전하게 서 있는 자신과 마주하게 됩니다.

 비록 주어진 결과가 빈약할지라도 삶 안에서 행복할 수 있는 동기를 수확하는 제법 멋진 농부가 되기 위해 그대 또한 생각의 밀애를 즐기기를 바랍니다.

오직

오직 사람을 사랑하라.
사랑해야 할 이유를 상실했을 때에도
마주한 그대에게
가득 채운 술잔처럼 사랑을 채워라.
온갖 이유와 상처에 머물지 말고

사랑해야 할 이유에만 관대하라.
사랑하는 순간은 오래가지 않고
훗날 그 순간만이 행복으로 저장된다.
사랑을 하다가 잃은 것은
더욱 사랑함으로 보상 받아라.
또다시 미움이 이유로 남거든
더 많이 사랑할 이유를 찾아 길을 떠나라.
사람을 사랑하는 일은 두고두고
살아가는 이유로 되살아나게 된다.
어두운 도시에서
그대와 내가 덜 외로운 것은
누군가 내게 다가와 묵묵히 곁에 머물며
오직 사랑하고 있기 때문이다.

목차

● 생각 하나.

시련의 훈련

　　　　　　군밤은 그 자신의 겉살을 태워서 속살을 익혀 내놓습니다. 쓰러져 가는 하나를 되살리거나 완성시키기 위해 다른 하나의 희생을 기꺼이 감내합니다. 이것이 나를 향한 생존법 구제활동입니다. 성장하는 일에는 아픔이라는 수고가 동시에 바쳐 집니다. 인생의 시간을 추수해가면서 우리는 힘겨운 일과 마주하도록 각본이 짜여 있습니다. 내일을 기약하는 마음의 여유가 필요한 지금입니다. 살아온 생애를 더듬어 내리면 얻은 것보다 얻기 위해서 잃어버린 것이 더 많은 것이 인생입니다. 스쳐 지나간 날을 돌아보며 부질없이 시간을 보냈다는 생각을 가진 사람들이 적지 않습니다. 이러한 생각은 인생의 수업을 통해 많은 것을 가진 사람이나 작게 가진 사람이나 똑같습니다. 다가오는 시간에 충실한다고 하지만 충분히 노력하지 않았다는 것이지요.

인생은 장애물 경기와 같습니다.

고개를 만나지 않고 평지를 달려가는 사람은 없습니다.

험난한 순간을 잘도 견디며 성장하는 사람이 있는 반면 아프고 힘겨운 일을 만나면 당황하고 이겨 내지 못하는 사람이 더 많은 것은 안타까운 일이지요. 인간을 나약한 존재로 만들어버리는 것은 자기가 좋아하는 것에만 관심을 두도록 본능이 발달해 있기 때문입니다 그런 욕망이야 당연한 일인데 그런 쪽으로 발달하다보면 자신을 점점 약간의 고난스러운 상황에 직면하게 될 때 그 훈장 앞에서 쉽게 좌절하고 순응하지 못하는 미숙한 사람으로 길들여 버립니다. 작은 것은 감사할 줄 모르고 작은 위기의 순간에 쉽게 고개 숙이고 갈등의 감옥 속으로 가두어 버립니다.

그런 과정 속에서 언제나 행복은 작은 것 같고 슬픔은 크게 다가오는 것 같이 느껴지게 합니다. 인생은 좋은 일이 많기보다 슬프고 나쁜 일이 더 많습니다. 이러한 사실을 깨닫는 것이 큰 행운을 얻는 것보다 인생을 살아가면서 두고두고 더욱 값지게 사용이 됩니다. 좋은 일은 나쁜 일을 견뎌 내도록 훈련을 시켜 주지 못합니다. 좋지 않은 일과 좋은 일들이 번갈아 가며 내게 다가올 때 나는 비로소 인생을 균형 잡히게 살아가도록 이끌어 줍니다.

우리의 소망은 때가 되어 열리는 산 속의 열매나 과수원의 과일이 아닙니다. 나에게 안길 행운이 다가올 때가 이르렀다고 여기며 들떠 지내는 순간. 열매는 열리지 않고 바람이 불고 어두운 구름이 앞길을 막아섭니다. "하는 일마다 왜 이럴까?" 이렇게 고민이 깊어지는 경우를 누구나 겪고 살아갑니다. 투정을 부린다고 해서 내게 다가오는 슬픈 일이 다른 곳을 행해 방향을 틀어 버린다거나 사라지는 것은 아닙니다.

저는 이럴 때 내 노력이 부족했거니 하고 그냥 순응을 합니다. 마음이라도 넉넉함을 잃지 말아야 다음날을 살아갈 준비를 할 수 있기 때문입니다. 잎이 떨어지지 않고서 나무는 다시 푸르러지지 않습니다. 계란은 벽을 깨고 병아리로 부화되고 누에는 가죽을 벗으면서 다시 태어납니다. 아침은 깊은 어둠을 먹고서야 다시 밝게 빛을 발합니다.

자신을 태워서 빛을 밝히는 초처럼. 내가 행복하기해서는 나의 일부를 녹여야 합니다. 나의 일부는 어느 부분 아파야 합니다. 가시가 있는 장미는 가시 꽃이라 말하지 않고 장미라고 말을 합니다. 오늘 그대가 아픈 일에 직면해 있을 지라도 그대의 인생은 그런 모습대로 온전한 자신이며 삶입니다. 더 나은 성장을 위해서는 반드시 회생이 기로 놓여 있어야 합니다. 정성 없이 만드는 식당의 음식이 맛있지 않습니다. 사람의 관계 또한 그러합니다.

정성껏 가꾸는 화원이 아름다운 것처럼 사람의 관계와 나의 성장에는 이런 아픔들이 씨가 되어 심어져 있어야 합니다.

당신도 아프고 나도 아픕니다. 어제도 저는 힘겨운 일이 있었습니다. 정말 두 번 다시 이런 일은 없었으면 좋겠어. 푸념하고 기피하려는 순간 다시 다가오는 슬픔에 발갛게 데일 수밖에 없습니다. 멈추어 서는 시간이 없듯 멈추어 선채 오래도록 나를 가로막는 아픔은 없습니다. 오늘 내 앞에 닥친 고난이 언젠가는 나를 떠나가고 다시 내일 어딘가에는 희망이 다가오리라는 믿음을 가져야 합니다. 그리고 더욱 중요한 것은 내 앞에 버티고 선 슬픔을 부른 것은 바로 내 자신이라는 발견입니다.

어제는 내일은 고통이 없을 것이라고 기대한 바로 오늘입니다. 그렇다고 내일은 오늘과 같지 않을 것이라는 믿음을 저버려서는 안 됩니다.내일도 우리에게는 적지 않은 힘겨운 일이 다가올 것이기 때문입니다.

바람을 맞으면서 아파하고 소리치는 꽃은 없습니다. 사람의 발에 밟히는 잡초가 소리치며 벗어나려고 안간힘을 쓰지 않습니다. 순응하는 자리에서 그대와 나는 비로소 세상의 꽃이 됩니다. 갑자기 우박을 내리는 데 피한다고 되는 것은 아닙니다.

구름은 비가 되고 우박이 되고 눈이 됩니다. 보슬비가 되고 안개비가 됩니다. 같은 하나가 수없이 많은 형상으로 변화를 거듭합니다. 나의 인생도 마찬가지입니다. 나의 인생은 슬픔이 되고 미소가 되고 기쁨이 되고 우울 이 되고 행복이 되고 절망이 됩니다. 그러나 이 모든 것은 나의 인생입니다. 나의 인생은 버릴 수 없습니다.

무엇이든 그 자리에서 감내하는 인내가 준비 되지 않으면 인생은 미로 속의 미로가 될 뿐입니다. 제대로 걷기 까지 수없이 많은 넘어짐이 있었습니다. 모든 생명이 고통으로 부화가 됩니다. 그대와 나는 무수한 시간을 바치고 수고를 바치고 누군가에게 고통을 안겨주면서 태어났습니다. 지금 흔들리지 않고 넘어지지 않으면 살아가기까지 바쳐야 하는 수고와 고통이 평생 동안 마주해야 합니다. 이것은 또 다른 생명 탄생의 과정입니다. 시련은 마치 시험과 같습니다. 지루하지만 시험을 마치고 나면 우리의 인생은 머지않아 조용하고 안락한 행복이 찾아올 것입니다. 깨우친 성자를 보고 위대하다고 말을 하지만 깨우치기까지에는 인고의 시간여행이 있었습니다. 자신보다 행복해보이고 행복할 것이라고 판단하는 사람들의 인생에게 말을 건네 보면 숫한 우여곡절이 있었음을 알게 됩니다. 어느 날 갑자기 행복해진 사람은 없습니다.

돌아보지 마라

이미 흘러 간 시간 돌아보지 마라
모든 것은 흩어져 없어진 것이니
지나 온 그 길에서 서성이지 마라
누구나 이런 저런 실수는 있는 것.
아픈 일들을 만들기도 하였으리니
어느 위인인들 이와 다르지 않았다.
지나온 날 행운이 없지는 않았으리라.
기뻐하며 하늘을 바라보는 그 순간
죽도록 아파하는 기억은 지워진 것이다.
뒤로 노를 저어가는 사공은 없다.
후회한들 과거는 과거 일 뿐이다.
뒷날은 엄숙한 시간의 무덤이면서
오늘을 살아가는 교훈이다.
오직 주어진 앞날과 교우를 하라
어제의 넘어짐은 추억의 밭에 심고
남겨진 시간 수확하는 농부가 되라.
이것이 오늘을 사는 지혜이다.

인생은 흔들리며 가는 것

　　　행복하기 위해 살아가는 우리는 조금만 바람이 다가와도 흔들리는 아주 가느다란 나뭇가지입니다. 떨리면서 감겨오는 수면 위의 살결처럼 우리는 쉽게 파장을 일으키는 아주 나약한 존재입니다. 누구를 위해 희생을 하는 일과 그러한 마음을 준비하기에는 각자 앞에 놓인 삶의 고난이 적지 않습니다. 사람의 인정이 메마른 시대를 살아가는 것은 삶이 우리 자신에게 여유를 허용하지 않도록 재편되어 가기 때문입니다. 너무 빠르게 진화를 거듭하는 문명의 구도가 우리 모두를 쫓기 듯이 살도록 가리키고 있습니다. 서로 손을 잡아 주고 이끌어 주어야 할 상대이면서 경쟁의 상대가 바로 우리의 이웃입니다. 점점 여유는 사라져가고 우리는 스스로 몸을 지탱하기조차 힘겨운 시간을 보내고 있습니다. 그 안에서 우리는 행복의 나무를 찾아서 잘도 날개를 퍼덕이며 살아갑니다. 그러나 자리를 찾아 둥지를 틀 틈도 없이 다시 불안한 내일을 준비하기 위해 바쁘게 움직여야 합니다.

　이래저래 인생은 쓸쓸한 물결입니다.

이유 없이 흐르는 눈물은 없습니다. 따져보면 우리가 슬픈 이유는 있습니다. 지칠 이유 없이 우리는 주저앉지 않습니다. 많은 이유 앞에서 우리는 잠시라도 삶을 내려놓기를 희망합니다. 때로는 단 한 번뿐인 인생인데 하면서 중얼 되는 말이 걸어가는 길에 위안이 되지 않을 때가 적지 않습니다. 삶은 이렇게 우수에 젖어 있습니다. 그러므로 슬픈 날에는 아주 많이 슬퍼할 필요가 있습니다. 찬물에 들어가면 벌겋게 달구어진 쇠가 식어 버리는 것을 볼 수 있습니다. 슬픔은 그것을 받아드리고 그 슬픔에 잠시 취할 때 비로소 사라집니다. 무엇이든 받아 드리지 않으면 고통, 슬픔, 힘겨움, 고뇌, 아픈 일들은 나와 대적하려 합니다. 고통을 느끼는 일과 실패로 괴로운 일이 있어도 내 인생의 어느 부분에 돗자리를 깔고 나와 동거할 수 있도록 자리를 내주는 것이 편합니다. 비록 거부하고 싶지만 나한테 온 것을 외면한다고 다가온 슬픔이 떠나가지 않습니다. 자신이 걸어가는 길에 가시가 깔려 있고 아무리 힘들다고 희망을 거두어 내면 안 됩니다.

희망은 오직 나만의 그늘이고 동반자입니다 미래의 어느 순간에는 우리 자신이 행복할 수 있단 믿음을 가슴에 깊이 심고 살아가면서 동시에 불안해 할 필요 없습니다. 미래의 행복을 소유하는 일 때문에 불안해하고 초초해하면서 오늘 하루가 편하지 않다면 그깟 행복 아무리 크게 가진다 한들 무슨 소용이 있겠습니까. 빈 자리에 누워도 내가 행복하다면 그곳이 꿈의 궁전이 됩니다.

흔들리는 것에 격노할 필요는 없습니다. 삶은 평면이 아닙니다.

온갖 우여곡절이 우리의 인생이고 우리는 그 안의 새입니다. 저마다 소리입니다. 오늘 아침의 햇살이 어제처럼 밝지 않았다고 해서 아침이 아닌 건 아니듯이 조금은 부족하고 아파도 이 모든 것은 우리가 품어야하는 삶의 지형입니다. 하루를 담아내는 우리 내면의 그릇은 약간의 흔들림과 균열이 있고 때론 불만과 방황도 있습니다. 삶은 도시의 빌딩처럼 우리가 소망하는 것들로 빈틈없이 채워질 수는 없습니다. 님들 과 나는 또 다시 우리가 예기치 않은 곳에 당도하여 약간은 슬프고 아플 수도 있습니다. 행복하기 위해 애쓴 결말이 쓸쓸함으로 가득 넘칠 수도 있습니다.

우리가 소망하는 일들은 조금은 그 반대의 결말을 가져오기도 합니다. 우리가 예견할 수 있는 전망은 아주 미약한 것이기에 주어진 시간 안에서 최선을 다하는 수밖에 다른 방법은 있지 않습니다. 삶의 숙제는 정확한 답을 품고 있지 않습니다. 그럼에도 우린 답을 찾는 노력을 하지 않으면 안 됩니다. 그것이 오늘보다 나은 하루를 만들어가는 기술이 되고 위안이 되기 때문입니다.

하염없이 몸을 적시는 빗방울을 받아내며 발걸음을 옮겨 갈 때 세상은 또 하나 거부하지 못할 고독을 내려 주었습니다. 혼자라는 느낌을 지우지 못하고 은밀하게 눈물로 반주를 맞추어야 하는 일상에서 오늘도 저는 혼자입니다 매일 내게 다가서는 오늘이라는 하루는 언제나 다른 사연을 담아서 내게 편지를 띄웁니다. 나는 오직 살아 있음에 감사하다는 답장을 오늘 하루에게 보냈습니다. 하루가 감사하면 내일이 감사할 일로 채워진다는 사실을 알기 때문입니다. 과수원의 결실은 과일이지요. 인생의 결실은 감사하는 마음입니다.

감사하는 마음 앞에 대적할 시련은 없습니다. 아픔은 녹아지고 삶이 춤추는 것을 바라볼 수 있습니다.

대신 살 수 없네.
오직 나의 것일세.
그 길에 누구 없다.
외로워 말고 걸어가시게
발자국 벗 삼아
멈추지 말고 가다
바람에 흔들리는
가지 만나고
벼락 맞은 고목 보이거든
그게 그대 인생임을
알고는 있으시게
그리 알고 살아가시게.
다 그런 모습으로 살아간다네.
내 생각 틀린 사람 만나거든
그 사람 평생 스승으로
모시고 살 의향 있네.

● 생각 셋.
내 인생의 흔적과 고백

저는 비교적 실수를 많이 해온 사람입니다. 물론 내 스스로 선택한 일이니 책임회피는 하고 싶지 않습니다. "잘 살아온 인생이냐, 아니냐" 비교 질문을 해온다면 저는 잘못 산 인생입니다. 저는 인간의 양면성을 모두 체험하며 극과 극의 경계선을 넘나들었습니다. 선한 자리와 악한 자리를 오고가며 너무 많은 방황도 해보았고 누구 못지않게 사회에 유익을 안겨준 흔적을 동시에 갖고 있습니다. 자긍심과 부끄러움이 혼재되는 인생이었지요. 한때 별명이 싸움닭이었습니다. 젊은 혈기와 객기를 부리며 인생의 많은 시간을 폭력으로 보냈습니다. 저는 매우 폭력적이었습니다. 세상에 무서운 사람은 없었습니다. 무서운 일도 없었습니다. 상대를 이해하고 용서하는 일은 제게 너무나 낯선 일이었습니다. 저는 싸움에서 단 한 번도 물러서는 일이 없었습니다. 머리와 가슴은 분노와 살기로 넘쳐 있었습니다. 누군가 실수를 하면 폭력을 행사하는 것이 상식이라는 신념을 가지고 있었습니다.

지는 것이 이긴다는 말은 도저히 내 마음속에 자리 잡지를 않았고 이해가 되지 않았습니다.

그로인해 언제나 저의 삶은 풍파가 있었습니다. 주변의 많은 사람들이 제 곁을 떠나갔습니다. 제가 받은 고통도 적지 않았습니다. 결국은 교도소를 수도 없이 드나들게 되었습니다.

흔히 어두운 세계를 걸어간 사람들이 하는 나쁜 짓은 모두 다 해보았습니다. 어차피 망가진 인생이라는 생각 때문이었지요. 나는 나의 여정에 침을 뱉고 싶을 정도로 수없는 방황이 있었습니다. 내게 한 가닥 희망이 있었다면 내가 잘되기 위해 남의 행복을 빼앗거나 사기를 치거나 먼저 사람을 해하려는 마음은 절대 갖지 않았으며 항상 밝은 곳을 향해 길을 걸어가야 한다는 신념을 버리지 않았다는 사실입니다.

그리고 세법 시간을 헛되이 보내지 않으려고 많은 노력과 시도를 해왔습니다.

언젠가는 사회와 국가를 위해 일을 하고 싶다는 꿈을 버린 적이 없었습니다. 이런 마음이 나를 극과 극의 흔적을 갖고 오늘 의 모습을 만들 게 한 동기입니다.

한때는 내게 주어진 시간이 영원할 것이라는 착각을 갖고 있었습니다. 지금의 젊음이 영원히 이어질 것 같은 망각을 이어갔습니다. 대체적으로 저는 삶의 실수를 교훈으로 삼지 못해서 한동안 실수를 이어 갔습니다. 고독한 때가 많았습니다. 급기야 무엇 하나 해놓은 것 없이 시간이 흘러갔다는 사실과 마주하게 되었습니다. 두렵고 초조한 마음이 들었습니다. 이제 비로소 제게 남겨진 시간이 얼마 남지 않았다는 사실에 눈을 뜨게 되었습니다. 삶이 얼마나 숭고하고 그냥 보내 버린 시간이 위대하다는 사실을 이제야 느끼고는 소스라치게 놀랍니다. 후회의 비늘이 한 움큼 만져집니다. 조금 더 깊이 생각하는 삶을 살아오지 못했을까? 지금도 후회의 빗방울은 온종일 내리고 있습니다. 실수가 많으니까 삶이 너무 아프게 돌아갑니다. 생을 잘살지 못했다는 후회는 지독하게 아픈 자책입니다.

물론 현재는 비교적 잘살고 있는 인생입니다.

방황했을 때 동시에 가졌던 신념대로 지금은 국가와 사회를 위해 많은 일들을 하고 있습니다. 왜 내가 남들보다 많은 실패와 실수를 했을까 돌아보게 됩니다. 저는 나의 실수에는 관대했고 타인의 실수에는 관대하지 못했습니다. 그리고 매사에 깊이 생각하기보다 즉흥적인 편이었습니다. 아차 하는 순간 이미 일은 저질러졌지요. 누구나 실수를 하며 살아간다는 사실 앞에서 저는 겸허하지 않았고 수용하지도 않았습니다. 제가 싸움닭으로 귀중한 시간을 낭비한 이유입니다.

저는 아주 빠른 판단과 결론을 내리면서 살아갔습니다. 그렇게 선택하고 내린 결론은 여지없이 실수를 한보따리 가져다줍니다. 판단미숙으로 마주해야 할 고난이 적지 않은데 저는 다람쥐 같이 벗어날 줄 몰랐습니다. 가진 재주를 믿기 때문이었지요. 자신의 판단이 정확하다고 믿는 확신이 큰 사람일수록 실수가 많고 실수로 인한 결과도 크게 다가옵니다. 세상의 많은 고난은 다른 사람이 가져다주는 것이 아니라 스스로 만드는 경우가 허다합니다.

이런 일들이 쌓여 가면서 나의 인생은 빗나가고 있었습니다. 너무 많은 실수를 겪으면서 내 삶의 흔적은 방황과 상처로 도배가 되어 갔습니다. 스스로 책임을 지어야 했기에 후회를 덜 하는 노력을 했습니다.

한 번 잘못된 길에 들어서면 바른 길을 찾기가 쉽지 않다는 사실과 직면하면서 이제 비로소 깊이 생각하는 습관을 갖게 되었습니다. 비싼 대가를 치르고 나서 내 삶은 안정을 찾아가고 있습니다. 똑똑한 사람이 실수를 하지 않는 것이 아니리 깊이 생각하는 사람이 실수가 적다는 사실을 알았습니다. 깊이 생각한다는 일은 같은 문제를 두 번, 세 번 반복해서 생각해보는 것입니다. 어제 생각한 것보나 내일 생각한 것이 좋고 한 번 생각한 것보다 두 번 생각한 것이 좋은 결론이 됩니다. 그런데도 성급하게 결론을 내리는 일을 즐겨하다가 많은 실수를 하고 살아가는 것이 우리들 모습입니다.

당신은 오늘 하루를 어떻게 보냈습니까? 매사에 나와 같이 즉흥적으로 결론을 내리지는 않습니까? 그러다가 실수 때문에 아파하지는 않습니까? 없어도 되는 근심을 만들고 후회하는 삶을 살지는 않습니까?

실수가 적으면 근심도 줄어들게 됩니다. 그러면서도 실수가 잦은 것은 깊이 생각하는 습관에 길들여지지 않았기 때문입니다. 운명은 자신의 생각에서 결정이 됩니다. 물론 원치 않는 불행은 얼마든지 있습니다.

인생을 화폭의 종이라고 생각해보면 내가 그리는 되로 가는 것이 인생임을 알게 합니다. 장미를 그리면 장미가 되고 자동차를 그리면 자동차가 되는 것이 인생입니다.

먼저 구상하지 않고 좋은 그림을 그릴 수 없는 것처럼 인생의 그림을 그리는 것도 이와 같습니다. 우리는 지금보다 나은 인생의 그림을 좀 더 잘 그릴 수 있습니다.누구나 백지 한 장을 받아 들고 있습니다. 붓도 준비되어 있고 물감도 준비되어 있습니다. 그리는 것 또한 내게 선택권과 자율권이 있습니다. 그리다가 다시 그리고 싶으면 종이를 바꾸면 되듯이 인생도 그렇습니다. 그런데 인생은 단 한 번의 여행입니다. 그래서 낙서를 자주 하면 안 됩니다. 실수를 자주 하면 여백이 없어집니다. 한 번 그려진 인생의 낙서는 좀처럼 지워지지 않고 살아가는 내내 남겨집니다. 만약 화가에게 종이 한 장만 주어진다면 그는 처음부터 작품구상에 만전을 기할 것입니다. 그림을 그릴 수 있는 단 한 번의 기회를 날려 버릴 수는 없기 때문입니다. 그런데도 마치 얼마든지 다시 태어날 수 있다는 것처럼 인생을 쉽게 살아가는 사람들이 있습니다.

지갑 속의 돈을 낭비하는 것은 다시 채워지지만 인생의 시간은 다시 채워지지 않습니다. 가져올 수 없고 벌수 없는 것이 인생의 시간입니다. 지금도 우리는 시간을 낭비하고 있습니다. 이제야 나는 시간을 아껴 쓰는 소비자가 되어야 한다는 사실을 아주 뒤늦게 깨닫고 있습니다. 이제 내 지갑 속에 있는 시간은 얼마 남지 않았습니다. 그대도 그러할지 모릅니다. 자꾸만 비어져 가는 시간의 지갑 속을 바라보는 나는 삶이 얼마나 위대한 여정인지 알게 되었습니다.

아무리 험난한 고통도 주저앉지 않고 극복했을 때는 언제 다가올지 모르는 더 큰 고통을 치료하는 명약이 되어줍니다. 그 시간을 의연하게 지나갔을 때 훗날 희망으로 변화되지 않는 고통은 없습니다. 그러므로 오늘의 고통은 내일의 고통을 이겨내는 귀중한 자산입니다.

인생은 예술보다 짧지 않다.
우리가 살아온 흔적은
결코 한 줌 흙으로 사라지지 않는다.
작품으로 보존되는 예술이야말로
긴 인생에 비할 바 아니다
모든 인생은 두고두고 남아도는
역사의 흔적이다.
그러므로 헛된 그물에
인생을 가두지 말고
예술작품보다 더 혼신을 다해
오늘에 충실해야 한다.

● 생각 넷.

귀를 열어

　　　　　관점이 다른 사람에게 목소리를 높여 쉽게 격노하는
것은 이해심의 빈곤을 증명하는 것으로서 타인들로부터 존경심
을 얻기 어렵고 마땅한 벗이 머물지를 않게 됩니다.

　길거리에서 큰소리가 나면 우리는 놀라면서 귀를 막게 됩니다.
그리고 하필 소리가 요란한 시점에 그곳을 지나치게 되었는지 후
회하게 됩니다. 이는 남의 말을 들어 주지 않고 말하는 것을 가로
막으며 큰소리를 치는 사람과 만나는 경우에도 같은 후회를 하게
됩니다.

　남의 이야기를 듣기 싫어하거나 남의 이야기가 자신과 다르다고
큰소리를 자주 치는 사람은 자신의 생각이 모두 옳다고 여기기
때문입니다. 저는 사람의 생각이 모두 같지 않다는 사실을 이제야
알게 되었습니다. 아니 알기는 알았지만 인정하지를 않았던 것 같
습니다.

　아주 오랫동안 모든 사람의 생각과 기준이 같을 것이라는 믿어
왔습니다. 엄청난 착각이었음을 오늘에서야 알게 되었습니다. 이

와 같은 상황에서 저의 인간관계가 원만했을 리 없습니다. 제가 머무는 곳에는 언제나 소리가 요란했습니다.

나이 60을 바라보면서 사람의 생각이 각각 다르다는 것을 느꼈으니 저는 분명 다른 사람에 비해서 정신적인 성숙이 늦었던 것 같습니다. 돌아보면 유독 나와 생각이 다른 사람에게 큰소리를 치고 상대의 말을 들으려 하지 않은 것 같습니다. 이야기를 다 들어보지도 않고 한 마디라도 나와 생각이 다르거나 생각이 미치지 못하다는 판단이 서는 즉시 소리부터 지르고 말을 가로막았습니다. 그리고 두 번 다시 보지 말자는 선언을 하기도 했습니다.

나같이 막무가내인 사람을 누군들 계속해서 보려고 했겠습니까? 내가 영원히 대면하지 말자는 선언을 하지 않았더라도 이미 상대는 나를 끝까지 보지 않겠다는 계산을 이미 했을 것입니다. 얼마나 많은 사람들이 나와 만나는 자리에 함께 있는 것을 후회했을까요. 생각하니 부끄러운 마음이 적지 않게 솟아납니다. 이래저래 저는 단점이 많은 사람입니다.

다른 것을 인정한다는 것은 나와 다른 모양을 이해하는 것이 아니라 나와 다른 생각을 이해하는 것입니다. 다른 생각을 이해하고 시작하는 만남은 우선 편합니다. 나와 다른 사람이 같은 하나가 되는 것이 소통이 아니라 다른 것을 수용하는 것이 진정한 소통입니다.

물은 밑으로 흘러 수직적으로 흡수를 시키면서 소통을 합니다. 위에서 내려오는 물은 밑에 있는 물을 그대로 받아들여 하나로

동화가 됩니다. 그런데 사람은 마주보면서 살아가는 존재이지요. 상호 수평적인 상태가 아니면 서로 하나가 될 수도 없고 다툼이 많아집니다. 마주하는 모든 것에는 조율이 필요하고 이해하는 기준이 있어야 합니다. 그렇게 하지 않으면 마주한 상대는 나의 적이 되기도 하고 나와 다투는 사람이 됩니다. 세상이 시끄러운 것은 마주하는 사람을 대하는 기준이 정확하지 않기 때문입니다.

남의 이야기는 곧 나의 생각으로 재생산됩니다. 좋은 말들을 들으면 내게 깨우침이 되지요

말을 많이 하는 것보다 더 듣는 일이 유익한 것은 이러한 이유 때문입니다. 사람마다 생각이 다르다고 말하면서 실지 다른 사람들의 생각은 들으려고 하지 않는 습관이 우리들의 만남을 불편하게 합니다. 남의 이야기를 잘 들어 주는 것은 나를 들여다보는 거울을 갖게 되는 일입니다. 마주한 모든 사람들은 자신의 스승이 되어 줍니다. 생각이 다르다는 것은 곧 상대가 나와 대화를 나눌 때 어느 정도는 다른 생각을 말한다는 뜻입니다.

화를 내는 순간 아무리 좋은 말을 해도 앞의 상대는 스승이 아니라 원수로 변합니다.

다른 것을 수용한다는 것은 곧 나의 생각이 사람들로 부터 인정받는 길이 됩니다. 다른 사람의 생각이 나와 다르지 않다면 상대에게도 나의 생각이 다르다는 것을 의미합니다.

"넌 왜 생각이 그 모양이냐?" 하고 말하는 순간 대화는 단절되고 소란스러운 관계로 발전됩니다. 남과 대화를 나눌 때는 자신의

메아리 소리를 듣는 것 같이 감정의 변화를 보이면 상대가 불편해 합니다. 상대의 목소리를 귀담아 주는 자세는 곧 내 인격의 크기를 증명하는 순간이 됩니다.

타인 앞에서 지나치게 자신을 스스로 높이는 것은 오히려 조금씩 아래로 추락하는 일입니다.

사람과의 교류가 원만하지 않은 사람은 그만한 이유가 있습니다. 인간의 인품은 내세울 때마다 그 반대의 길로 추락을 거듭하게 됩니다. 높이는 것은 자신이 아니라 언제나 상대여야 합니다.

애써 벽을 만들지 마라.
남이 넘어 오지 못함은
내가 넘어가지 못함이다.
남이 갇히면 나도 갇히는
그것이 벽이다.
제 그 물에 갇히는 거미가 있다
제 파놓은 구덩이에
갇히는 동물이 있다.
그대 머무는 터에
다가오는 자
머무는 자
손잡는 자 있거든
가로막지 말고 맞이하라
그 모습과 벗하며
온전한 그대가 되리니

침묵은 인품의 거울

　　　　　　말을 아껴 품위를 지키는 것은 크게 수고하지 않고 명예를 드높이는 길이 됩니다.

　자기주장이 강한 시대입니다. 어떤 자리든 말을 못하는 사람들은 별로 없는 듯합니다.

　저 같은 경우는 마음이 공허하거나 일이 잘 풀려가지 않을 때 말을 더 많이 한 것 같습니다. 장황하게 말을 늘어놓는 사람들을 보면 일을 제대로 해놓은 사람이 별로 없습니다. 그런데 일을 잘하거나 많은 것을 이루어 놓은 사람은 누군가 만나는 자리에서 별로 말을 많이 하지 않고 조용히 무게를 지키고 앉아 있는 것을 목격하게 됩니다. 대체적으로 실패한 사람들이 말을 많이 하는 편입니다. 몇몇 사람이 저더러 '말을 줄이고 무게를 잡고 있으면 당신이 최고'라고 말한 적이 있습니다. 사실 그 순간에는 '듣기 싫으니까 별말을 다 해서 사람 입을 막으려고 하는 군' 하고 생각을 했습니다. 평소에는 쓸데없는 말을 하지 않는다고 생각했는데 이보다 더 무게를 잡으라고 하니 기분이 좋지 않았습니다. 그런데 그

분들의 충고가 이해된 것은 세월이 한참 지났을 때입니다. 아무리 좋은 말도 반복해서 하면 일상의 농담보다 못하다는 생각을 하게 된 것입니다.

같은 말을 여러 번 할 때 신선함이 줄어들게 됩니다. 신호등의 파란불이 연속해서 두 번 켜질 때는 사고를 부르는 원인이 됩니다. 말은 간결한 것이 좋은데 그걸 알면서도 계속해서 같은 말을 하면서 사람을 지루하고 짜증나게 하는 데는 자기를 내세우거나 주도하려는 욕심 때문이지요.

저 같은 경우에는 비교적 말을 많이 하는 편입니다. 물론 쓸데 없는 이야기보다 여러 가지 구상한 것을 제안하는 성격이라 그렇지만 발표를 할 때 지나치게 늘어지는 경향이 있다고 합니다. 주변에서 충고를 해주는데도 한 번 열리면 닫을 줄 모릅니다. 듣는 사람이 고개를 끄덕이고 있으면 그게 지루한 것을 참느라 용을 쓰는 건인데 그걸 모르고 그 지점부터 열을 내고 달립니다. 급기야 상대는 지쳐 가지요. 이럴 때는 거의 상대방에게 화병을 안겨주다시피 하는 단계가 됩니다. '예전에는 말을 적게 한 것 같은데 어느 순간 내가 말이 많아졌구나. 좀 줄여야지' 하면서 일단 입을 열면 줄줄줄 멈추지 않고 나오게 됩니다. 나는 좋을 줄 모르겠으나 듣는 사람은 역겨웠을 수 있을 것입니다. 그것도 모르고 '이 사람, 남이 말하는데 왜 딴 짓을 하고 그래. 무식하기는……' 하고 생각합니다. 무식한 것은 정작 자신인데 말입니다.

침묵은 인품의 저장소입니다. 말은 자신의 성품을 담고 밖으로 걸어 나옵니다. 소식이 건강에 좋다고들 합니다. 말 또한 적게 하면 인품을 드높이는 수단이 되어 줍니다.

한 번에 자신을 드러내고 싶어 하는 사람은 자연적으로 말을 많이 하게 됩니다.

상대를 이해시키고 싶어 안달이 나서 상대를 내식화시키려는 본능 때문입니다.

단순한 뜻을 전달하는 사람은 말을 많이 하지 않습니다. 아침은 서서히 밝아 오지요. 날씨가 갑자기 어두워졌다, 밝아졌다 하면 빛도 그렇고 어둠도 그렇고 별로 좋아하는 사람은 많지 않을 것입니다. 대화는 양념이어야지 요리의 주제가 될 때 상대방의 나에게 호감을 덜 갖게 됩니다. 기회를 보면서 말을 많이 해도 괜찮은 자리인지, 아니면 조금 해야 하는 자리인지 알고 대화를 나누는 것이 중요합니다. 입이 가벼운 자는 인생이 가볍고 인생이 가벼운 자는 입이 가볍습니다. 앞에서 재잘대기 좋아하는 사람들은 뒤에서 손가락질 받고 있다는 사실을 잘 모릅니다. 사람들이 말을 잘하는 사람들에게 두 가지를 전해주는데 하나는 앞에서는 재미있게 말을 잘한다는 칭찬과 뒤에 가서는 조금거시기 하게 푼수때 까리 같다는 말입니다. 앞에서 칭찬하는 말에 취한 사람은 뒤에서 쑥덕거리는 흠을 파악하지 못합니다. 만약 뒤에서 쏟아지는 비난을 안다면 가볍게 입을 놀리지 않을 것입니다. 그래서 우리는 항상 뒤를 생각하며 말을 하는 습관을 길러야 한다는 것이지요. 가벼운 돌은 바람에도 쓸려가고 빗물에도 쓸려 다니는 법입니다. 사람도 그 행실이 가벼우면 사람들의 입소문에 쓸려 다니다가 결국 체면을 다 잃고 실없는 사람으로 전락을 하고 말게 됩니다.

벌은 향기가 없는 꽃은 찾지 않습니다. 잡초 가 있는 곳에 벌이 있는 것을 본 적이 없습니다. 나방은 빛을 찾아 가고 벌은 향기를 찾아가며 물은 길을 찾아 나섭니다.

향기가 없는 사람은 주변에 사람이 없고, 병든 사람에게도 사람이 없습니다.

꽃밭에 터를 잡는 구더기는 없습니다. 사람에게도 향기가 있습니다. 향기가 나는 사람은 외로운 삶을 살지 않아서 좋습니다. 인간의 향기는 자애롭고 넉넉한 태도입니다.

그 곳에는 나쁜 사람이 머물지 않습니다. 일부러 향수를 뿌리지는 마시기를…….

떠들면서 곡식을
수확하는 농부는 없다.
침묵은 지식을 수확하는
시간이 된다.
들을 수 있는 기회는
내게 유익함을 찾을 수 있는 기회가 된다.
침묵은
나아가고 물러섬이
어느 때인지 알게 하고
머물 곳이 어디인지 알게 한다.
우리는 나와 다른 것들로부터
배워 나가는 존재이고
그를 통해서 성숙해지는
존재이다.

● 생각 여섯.

내 사람은 없습니다.

　　　앞에서 입을 맞춘다고 하여 전부 내 사람일 수는 없고 등을 보이고 떠난 사람이라 하여 내 사람이 아닌 것은 아닙니다. 내 사람이 남이 되고 남이 내 사람 되는 것이 인과 관계입니다. 그러니 앞에 있는 사람에게 모든 것을 내줄 필요는 없고 돌아서는 사람의 등을 향해 침을 뱉으며 냉대할 필요는 없습니다. 세상사는 것이 이렇습니다. 산에 오르면 내려와 오르던 땅을 다시 밟게 됩니다. 인생은 돌고 도는 것이라고 말합니다.

　정말 그렇습니다. 사람들은 자신이 알고 있는 사람을 자신의 사람이라고 여깁니다. 꼭꼭 숨기며 지나치게 벽을 쌓고 좀처럼 소개를 하지 않는 사람들이 의외로 많이 있습니다.

　세상에 자기 사람은 없습니다. 지나치게 아끼고 집착하는 것은 스스로 자신감이 없기 때문입니다. 실지 매사에 자신감이 넘치는 사람은 자기가 알고 있는 사람을 자기 사람이라는 생각을 하지 않고 기회가 닿을 때마다 소개하는 것을 즐겨 합니다. 세상의 모든 사람이 누군가의 소개와 목적에 의해 만남을 갖게 됩니다. 태어나면서 친구가 있는 사람은 세상에 있지를 않습니다. 그런데도 사람들은 누군가를 만나 내 사람이라는 딱지를 붙여 놓고 혼자만 알고 관리하려고 합니다.

누가 연락을 하면 "야 왜 내 허락도 없이 내 사람한태 연락을 하고 그래? 뒤돌아가서 무슨 짓을 한 거야?"라고 말합니다. 이런 사람들은 누군가 자기 사람과 놀아 날거라는 불안한 생각이 빠져 지내게 됩니다. 이런 태도는 모두 자신감이 없기 때문입니다. 모르는 사람을 만나는 일은 매우 즐겁고 신나는 일입니다. 나를 아는 사람들에게 자신이 아는 사람을 소개해주고 둘이 협력하여 잘 살 수 있도록 자릴 만들어 주는 배려가 필요합니다.

나와 인연을 맺어 일이 잘되지 않은 사람이 내가 아는 사람을 소개받아 잘 풀리는 경우가 적지 않습니다. 넓은 마음을 오픈하고 내가 아는 상대에게 이런 저런 사람을 소개하여 좋은 길을 선택해서 멋진 기회를 나누어 갖도록 하면 그 복은 나중에 자신에게 돌아옵니다.

물론 둘이 만나서 자신보다 친하게 지낼 때가 있고 무엇인가 협력해서 얻은 것을 자신은 빼버리고 둘만 나누는 경우도 없지 않아 있습니다. 기분은 좋지 않겠지만 둘이 만나 잘되었으면 그만이고 박수를 쳐 줄 일이지 배 아파하고 분개할 필요는 없습니다.

가뜩이나 벽이 놓인 세상에서 네 사람, 내 사람 따지며 피곤하게 살 필요는 없습니다. 누군가에게 좋은 사람을 소개받고 좋은 일을 경험한 적이 있을 것입니다. 만약 당시 사람을 소개해준 사람이 지금과 같이 내 사람 따지며 소개를 해주지 않았다면 자신에게 좋은 일은 오지 않았을 것입니다. 소개받고 소개해주면서 살아가는 것이 바로 관계성의 삶입니다. 소개해주면 떠나가는 사람이 있고 뒤에서 흠담을 하는 사람들도 적지 않습니다. 그런 것에 일일이 시비를 붙고 살 필요는 없습니다. 애초부터 내 사람이 없는데 그냥 그러려니 하고 사는 것이 중요합니다. 물질로 사람을 도와야 돕는 인생은 아닙니다. 좋은 사람을 소개해주어 기회를 나누게 해주는 것도 돕는 일이 됩니다. 자기 사람을 주고서 사람을 떠나가지 않게 하려면 더욱 상대에게 잘하면 됩니다. 집착이 세상을 어둡게 합니다. 내 것, 네 것 나누고 선을 그어 놓으면 각박해서 살 수가 없습니다. 어떤 사람은 자신은 사람들에게 소개를 많이 받으면서 본인이 알고 있는 사람은 절대로 소개해주지 않습니다.

그리고 사람을 소개해주고 나서 마치 큰 보화를 전해 준 것처럼 큰소리치고 으스대는 사람이 있습니다. 소개해주고 나서 둘이 무슨 일을 하나 수시로 확인 전화 하고 감시를 합니다. 참 어리숙하고 못나 보이는 태도입니다.

소개해주면 그만이지 둘이 강아지 털을 세우며 놀던, 소부랄 바라보며 놀던 관심을 가질 필요가 없습니다. 저는 그런 점에서는 비교적 잘산 인생입니다.

저는 사람을 많이 소개하는 편입니다. 이 사람은 누구를 소개해주면 좋을까를 먼저 생각합니다. 이 사람은 이런저런 것이 부족하다고 느끼면 상대가 소개해 달라는 부탁을 하지 않아도 즉시 내가 먼저 나서서 거기에 적합한 사람을 연락해서 소개를 해줍니다. 저는 내 사람이 없습니다. 아니 많은 사람을 알고 있지만 한 번도 내 사람이라고 생각해본 적이 없습니다.

밥을 굶기면서 내 강아지라고 끝까지 키우겠다고 고집 피우거나 별 도움도 안주면서 전화번호 책에 가두어 놓고 내 사람이라고 자랑을 늘어놓는 것입니다. 둘 다 결코 보기 좋은 태도는 아니지요.

두 가지가 똥이 된다.
하나는 입으로 들어가는
음식이고
하나는 내 사람이라고
감추고 사는 주변의 인연이다.
애초에 내 것이 없는 것같이
내 사람은 없다.
자신 없는 사람이 감추고 사는 법이다.
풀어 놓고 키우는 가축이 건강하듯
감추지 말고
서로 교류하게 하라
그것이 내 주변 사람이
건강해지고 내 인생이
풍요로워지는 길이다.

● 생각 일곱.

부정적인 말이여, 안녕

"당신은 일하는 게 왜 그 모양이야!"

"그래 갖고 밥숟갈 들고 살 수 있겠어?"

"생긴 것 하고는. 자네는 이런 일을 할 수 없어! 주제 좀 아시게!"

"잘하는 건 하나도 없어!"

고운 말과 칭찬하는 말은 없고 상대에게 상처가 되는 말들이 넘쳐나고 있습니다. 듣는 사람도 그렇고 하는 사람도 그렇습니다. 사람은 좋은 말을 듣고 살면 좋은 사람이 되고 부정적인 말을 듣고 살면 부정적인 사람이 됩니다. 인심이나 긍정적인 말은 서로 연관이 있는 것 같습니다. 매사에 좋은 말을 하고 남에게 칭찬을 잘하는 사람은 정말 가슴이 따스한 사람이 많습니다. 반대로 입에서 튀어 나오는 말마다 부정적이고 남을 칭찬하는 데 인색한 사람은 정말 가슴에 메말라 있다는 것을 들여다보게 됩니다.

상대를 설득시키려는 마음만 앞서 있지, 나의 말이 상대에게 어떤 영향을 줄 수 있는지는 잘 생각해보지 않는 것 같습니다. 말은 사람의 얼굴과 같습니다. 인격의 기준이 되고 무엇을 하는 사람인지가 드러납니다. 따스하게 말을 하는 사람들은 정말이지 가슴이 따스합니다. 물론 인사치레로 말을 건네는 사람이 있지만 거친 말을 하는 사람들보다는 낫습니다. 부정적인 말잔치의 세상입니다. 글보다 말이 많고. 여유보다 성급함이 많습니다. 이해관계가 많은 세상이기 때문일 것입니다. 말을 제조하는 것은 바로 나의 생각이고 내면의 깊이입니다. 마음에서 나오는 말이기 때문이지요.예전의 저는 긍정적인 말을 사용하지 않았습니다. 당연히 제 인격의 얼굴은 좋은 모습이 아니었을 것입니다. 후회를 많이 하는 편이지요. 이러지 말아야지 하면서도 감정이 섞이면 이내 자제력이 살아집니다. 모든 게 수양이 부족한 때문이지요. 긍정적인 말은 상대방에게는 책이 되고 자신에게는 고전이 됩니다.

내화가 부족한 시대이면서 고운 말이 사라지는 시대인 것 같습니다. 우리에게 대화가 사라진 것은 고운 말을 하지 못하기 때문은 아닌지. 돌아봅니다. 말을 하더라도 닫힌 문을 열어주는 말을 한다면 세상은 대화가 단절된 고독의 성이 되지는 않았을 것입니다.

누군가 나로 인해 마음의 문을 닫은 사람이 있었을 것입니다. 그런 모든 사람들에게 미안한 마음을 전합니다.

부정적인 말을 들은 화초가 시들시들 하다가 빨리 죽는 다는 사실은 우리들의 말이 사람의 생각을 죽이고 마음을 상처 낼 수 있는 날카로운 무기가 될 수 있다는 결론과 마주하게 합니다. 나는 지금 이 순간의 나의 깨 달음이 나의 말을 변화 시키고 내 인격을 변화 시키는 충분하고 명백한 동기가 되어 주기를 희망해 봅니다.

부정적인 생각은
사람을 잘못 만나는 것보다
더 해로운 일이다.
우리에게 필요한 것은
희망이고
그 희망을 독살시키는 자객은
때때로 우리가 키우고 있는
부정적인 생각이다.
부정적인 생각은
전 생애를 돌아다니며
복을 물리고 화를 부른다.
그것은 스스로 놓는 덫이고
파멸의 함정이다.
또한 부정적인 생각을 가진 사람은
천길 벼랑에 서 있는 것과 다르지 않다.
그리고 언젠가는 추락을 하게 되어 있다.

● 생각 여덟.

차이

나는 일찍이 컴퓨터 발달이 인간다운 문명을 몰락시킨다는 예견을 하고는 1998년도부터 컴퓨터를 바르게 다룰 수 있는 문화를 준비하자는 취지에서 컴퓨터 미인대회를 기획한 적이 있습니다. 각종 언론에서 이와 같은 사실을 깊이 있게 다루어 주었습니다.

컴퓨터 회사뿐 아니라 정보 관련분야의 업체들이 이 운동에 동참을 했고 정보 통신부에서는 행사비 일체를 지원하기로 했습니다.

해외 순방중인 정보통신부 장관이 직접 실무진에게 전화를 걸어서 관심을 표명할 정도였습니다. 그런데 지원금을 주겠다는 정보 통신부에서 갑자기 태도가 돌변하였습니다.

지원약속을 번복 한 것은 제가 법인사업자가 아니라 개인사업자이기 때문에 지원을 할 수 없다는 최종 의견을 보내 왔습니다. 컴퓨터 미인선발 대회는 외형적인 미인을 선발 하지 않고 정보를 바르게 다룰 수 있는 소양과 지식을 겸비한 사람을 뽑는 대회 였습니다.

제가 좋아하는 세계최초의 일이었습니다. 나는 컴퓨터 미인과 미스터를 선발해서 정보 산업의 발달로 인해 야기되는 인간성 상실의 시대를 미연에 차단하고 정보사용의 건강성을 유지하는 사회적 윤리 기준을 마련하고자 한 것이었습니다. 대회 당일을 바라보며 정보 통신부만 믿고 수억을 투자했다가 저는 졸지에 모든 것을 잃어야 했습니다.

그때 이후 세월이 많이 흘러갔습니다. 누군가 저의 기획을 모방하여 미스 아이대회를 개최 하였으나 상업적으로 흘러갔고 그 뒤 이와 같은 대회는 종적을 감추었습니다.

우리는 컴퓨터 및 정보 발달로 인해 너무나 많은 자신을 잃어버렸습니다. 예견한 일이었고 이제는 수습 할 수 없는 단계로 도달해 있습니다. 문명의 발달이 인간에게 어떤 영향을 주는지를 앞서 판단했다면 지금과 같은 정보 망국의 시대를 살아가지 않아도 되었을 것입니다. 기업은 세상을 편리하게 만들어 놓았다고 치적을 논하지만 기업의 성장과 존속을 위해 대중을 정보사용의 윤리 이탈자로 만들어 왔다는 점에서 그들의 잘못은 결코 적지 않습니다. 어느 기업도 정보를 바르게 다루는 대안을 만들지 않았으며 생산에만 열을 올려 왔습니다. 저는 우리 대한민국의 자랑이라고 하는 빠른 인터넷 문화가 세계를 망치고 있다고 생각합니다. 성장 이후는 인간의 정신적인 파멸입니다. 그런 점에서 우리나라의 정보 자체는 성과를 이루었으나 인간에게는 긍정적인 영향을 주지 않았다는 사실에서 정보 산업의 실패라고 생각합니다.

나는 개인적으로 우리의 빠른 문화를 전 세계에 보급을 하지 않았으면 하는 바람을 갖고 있습니다. 언젠가는 그들도 우리사회와 같이 정보 발달로 인해 정신문명이 추락할 것이라는 사실을 알기 때문입니다.

우리 로 인해 세계정신 문명의 청정 지역이 오염되지 않았으면 하는 바람을 갖습니다.

그래도 수출을 해야 한다면 이런 저런 정보기술과 시스템을 수출하면서 동시에 정보를 바르게 다룰 수 있는 명확한 기준을 삼아서 동시에 보급을 해야 할 것입니다. 그래야 다른 나라 역시 우리처럼 정보발달로 인해 그들 자신을 잃어버리는 불행을 막을 수 있기 때문입니다. 우리 돈 벌겠다고 남의 나라 정신문명을 추락시키는 짓은 하지 말아야 할 것입니다. 나는 오늘도 사람보다는 정보기기와 하루를 시작하고 마칠 것입니다.

덕분에 편리하게 살아가는 것일 뿐 행복한 것은 절대 아닙니다.

편리함을 생의 전부로 삼지 마라
너무 빠른 것에 취하지도 마라
다만 즐겨라
정보가 빠른 속도만큼
그대 자신을 잃어갈 수 있기 때문이다.
이미 길들여져 있다면
지나치게 갈망하지 마라
인간의 삶이 불행한 것은
속도가 늦어서가 아니라
각자가 자신을 잃어가고 있기 때문이다.

윤창중의 변명

　　윤창중은 여성에 대한 존엄성이 없는 사람입니다, 그런 사람이 어떻게 총애를 받고 여성대통령을 맞이한 새 정부의 대변이라는 직책을 갖게 되었는지 알다가도 모를 일입니다. 세상 돌아가는 것이 꼭 상식과 일치하는 것은 아닌가 봅니다.

　믿고 발탁한 사람이야 무슨 죄가 있겠습니까? 분에 넘는 신의와 총애를 엉뚱한 데 사용한 그의 잘못이지요. 나 같으면 개인의 사익을 죽이고 본능을 죽이며 오직 한 가지 본분을 다해 죽도록 충성하고 죽도록 신의를 지켰을 것입니다. 참으로 가슴 아프고 아쉬운 사건입니다. 그런데 그는 기자회견을 자청해서 자신의 행위를 감추고 정당화하려는 시도를 했습니다. 문화적 차이 운운하며 강경하게 자신의 결백을 주장하는 그를 보고 그가 지금까지 길러온 지성이 매우 정신분열적이라는 사실을 알게 되었습니다.

　여성의 성에 대한 존중은 문화적 차이의 문제로 달라지지 않습니다. 그것은 고유하고 존엄한 인간 존중사상의 기본에 속한 문제입니다. 상대가 원하지 않는 성을 갖는 것은 잔인한 노략질이면서 인권에 대한 침략입니다.

남녀 평등사상의 가치를 대등하게 깨닫고 있는 사람은 원하지 않은 성을 사냥하지 않습니다. 여성을 강제로 욕을 보이려고 시도하는 사람은 대다수 여성의 존엄성도 없고 남성 우월주의자입니다. 남자가 여자보다 우월한 것은 단지 근력입니다. 힘의 논리로 무엇이든 지배 할 수 있다는 착각이 오늘과 같은 불행한 사태를 부른 동기입니다

그의 지성이 막가파와 같다는 결론은 그의 변명에서 출발합니다. 참으로 웃기는 짜장이고 분명 멋진 사람은 아닙니다. 잘못을 해놓고 그 잘못을 인정하지 않는 그에게서 악인의 실체를 보게 됩니다.

죄인과 악인의 차이점은 무엇일까요? 죄인은 시은 죄를 참회하는 사람이고 악인은 그 자신이 지은 죄를 참회하지 않은 사람입니다. 같은 죄를 반복하고 살아가는 것은 죄를 짓고 나서 참회를 하지 않기 때문입니다. 참회 하지 않는 죄는 소멸되지 않고 그 자신과 오래도록 함께 합니다. 세상에는 죄인보다 악인이 더 많습니다. 이런 세상이 된 것은 죄를 짓는 사람들이 참회하는 데 게으르거나 하지 않기 때문입니다. 스스로 참회하지 않는 형벌은 아무런 의미가 없습니다. 자신이 지은 죄의 진정한 형벌은 진정한 참회입니다.

그는 자신의 행위를 참회하지 않음으로써 그 자신의 모든 희망을 스스로 버렸습니다.

자기가 지은 죄를 반성하지 않으면 죄는 자신의 곁을 떠나지 않

고 머물다가 더 큰 죄를 짓도록 부추기는 나쁜 친구가 됩니다. 뭐 반성할 때 세금을 내거나 손해를 본 적이 있다는 사람은 아직까지 지구상에 한 사람도 없습니다. 구미가 당기는 일이지요. 저도 오늘 참회하고 반성했습니다. 잘못 살아온 모든 일에 대해서…….

사람에게는 두 개의 거울이 필요합니다. 하나는 육신을 비추는 거울이요, 또 하나는 자신의 내면을 비추는 거울입니다. 저는 두 개 다 깨진 적도 있습니다. 지금은 두 개의 거울을 다시 장만했습니다. 이곳도 비추고 저것도 비추면서 살아가고 있고, 거울에 때가 껴서 잘 보이지 않을 때가 있지만 그래도 양손에 두 개의 거울을 들고 살아간다는 것이 매우 중요합니다.

참회는
거룩한 명상이다.
거듭나기의
수련이다.
세상 모든 것이
다시 태어나고
사라져 간다.
그 안의 내 죄 역시
허물을 벗지 않고는
사라지지 않는다.
악인은 되지 마라.
그 길에는
악한 일만 가득하기 때문이다.

● 생각 열.

도시의 낙엽

떨어진 쓰레기를 줍는 사람은 아름다운 사람이나 자신의 허물을 벗는 사람은 더욱 아름다운 사람입니다. 거리에는 참 많은 쓰레기가 굴러다닙니다. 청소하는 사람은 따로 있고 버리는 사람은 따로 있습니다. 도시의 곤충 같은 쓰레기를 줍는 사람을 보게 됩니다. 어떤 때는 남이 버린 쓰레기를 주머니에 넣어 가는 사람을 본적이 있습니다.

어둠이 내린 도시의 미관을 더욱 을씨년스럽게 하는 것은 아무렇게나 버려져 뒹굴고 있는 쓰레기입니다. 빛이 종료되고 사람이 아우성으로 흥청망청 도배되는 도시 골목은 그래서 고독이 날개를 펴고 날아다는 듯합니다. 잃어버린 자신을 찾는 휴식의 낭만은 허전함으로 종료됩니다. 마침표를 찍고 돌아서 가는 그 길에서 우리는 더욱 잃어버린 자신과 무너진 자화상의 주인공이 되어야 합니다. 쓰레기를 주머니에 넣어 가지고 가는 사람은 도시의 미술가입니다. 무슨 생각으로 쓰레기를 주머니에 넣어 가는 것일까요. 그는 환경미화원의 일손을 덜어 주는 천사의 손길입니다. 나는 그

광경을 바라보면서 허기진 배를 채우듯이 교훈을 마구 먹었습니다. 그리곤 생각을 곱해보았습니다. 마음의 허물로부터 쓰레기가 버려진다는 것과 우리 마음의 허물을 벗는다면 도시의 쓰레기가 더 이상 피어나지 않는다는 것을.

버리지 말아야 할 곳에
버리는 쓰레기는
바로 그대 양심이 쓰레기라는
사실을 증명한 것이다.
만약 우리가 사는 세상에
쓰레기가 넘쳐나고 있다면
도시에 양심이 사라졌음을 뜻한다.

● 생각 열하나.

단점을 아는 사람이

　　　　자신의 단점을 잘 알고 있는 사람은 자신의 장점을 알고 있는 사람보다 지혜롭거나 현명한 사람입니다. 특출 난 재능을 가지고 있거나 장점이 많은 사람에게는 오히려 단점을 발견하는 눈이 밝지가 않습니다, 그러기에 장점이 가려지는 경우를 종종 보게 됩니다. 이는 저 자신에게도 경험이 있습니다. 자신이 부족한 것을 발견 하려는 노력을 하지 않기 때문이지요. 장점이 많아야 사람다운 구실을 하고 사는 것은 아닌 듯합니다. 사람에게 단점이 없을 수는 없습니다. 장점이 많아서 으스대는 사람을 대하는 것보다 부족한 것에 눈을 뜨는 사람이 더욱 아름다워 보이고 그런 사람에게서 희망을 발견하게 됩니다. 당당함의 이면에는 우리가 모르는 부족한 구석이 엿보이게 됩니다.

　단점을 거치지 않는 장점은 존재하지 않습니다. 무엇이든 잘하는 사람이나 장점이 많은 사람을 보면 자신과 비교를 하게 됩니다. 그런데 사람 능력은 종이 한 장 차이가 아니라 물 한 방울 차이입니다. 그만큼 별 차이를 둘 수 없다는 말입니다.

공부를 잘하는 사람은 공부를 열심히 한 사람입니다. 부모에게 물려받지 않고 돈을 많이 번 사람은 온갖 방법을 동원하여 죽어라고 돈을 벌기 위해 노력한 사람입니다. 기술이 뛰어난 사람도 태어나면서부터 배운 것이 아니라 자라면서 열심히 기술을 연마한 것입니다

풀어 놓고 비교해보면 태어나면서 잘난 사람 없습니다. 모두들 부족한 상태에서 출발을 하지요. 우리가 생각하는 장점은 모두 이러한 숙련 단계를 거친 후 도달한 것입니다. 그러니 여러분과 나도 충분이 남들에게 칭송받는 장점을 많이 가질 수 있습니다.

다만 자신의 단점을 고쳐서 장점으로 승화시키려는 대단한 노력이 필요합니다.

그런 노력이 없이는 어떤 사람도 장점을 가질 수 없습니다.

단점은 장점이 잉태되는
자궁이다.
곁가지 에서 씨앗이 싹트는 것처럼
단점을 거치지 않은
장점은 없다.
무엇이든 도달하는 곳에는
연마의 수고가 있다.
날개 있는 짐승도 단숨에
하늘에 오르기 힘들다
오직 추락하는 것만이
한 번에 가능한 일이다.

오르고 또 오르면서
인생은 제 모습을 갖추어 가는 것.
그래서 나는 단점밖에 없다는 말은
노력을 하지 않았다는
행동과 말의
부끄러운 증언이다.

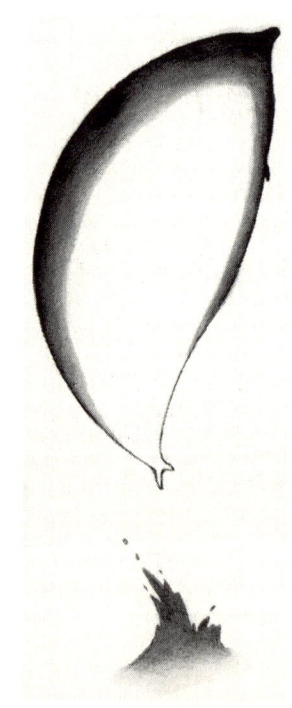

● 생각 열둘·

경건한 삶

       타인으로부터 빼앗은 행복은 결코 자신의 인생에 머물지를 않습니다. 좀 더 자신이 행복하고 풍족해지기 위해 온갖 요술을 부려서 상대의 행복을 먹이 삼는 사람들이 적지 않습니다. 잘되기 위해서는 수단과 방법을 가리지 않고 살아갑니다. 이런 사람들의 주변은 대체적으로 불행합니다. 그 자신도 마찬가지입니다.

  너무 많은 것을 주워서 쌓아놓으면 그곳은 악취가 나는 쓰레기장으로 변합니다. 창고에 들여 놓는 물건이 좋은 것이어야 보물창고가 되는 것처럼 내가 행복하기 위해서 빼앗는 행복은 내 인생을 악취가 나는 쓰레기장으로 만들어 버리는 것과 다르지 않습니다.

  요즘은 밥 세 끼 먹는 사람도 드물다고 합니다. 물론 없어서 굶은 것이 아니라 건강하게 장수하기 위해 굶는다고 합니다. 정말 좋은 세상입니다. 육신이 소식을 하면 장수 유전자가 생성된다고 합니다.

  그렇다면 우리의 영혼도 이와 같지 않을까요? 몸이 욕심을 버리면 장수를 하는 것처럼 마음도 욕심을 비우면 행복한 상태로 도달할 수 있다는 결론에 도달합니다. 옷을 두 겹 걸치고 거리를 나오는 사람도 없습니다. 그저 한 켤레의 신발을 신고, 한 벌의 옷을 걸치고 나오지요. 물론 집에는 많이들 쟁여 놓았겠지요. 많이 먹으면 배 터지고 많이 가지면 불안합니다. 이것이 인생입니다.

그런데 남의 것을 빼앗아 자신의 행복을 키우는 수단으로 삼는다면 좀 웃기는 일이지요. 남의 것 빼앗는다 한들 내 행복과는 절대로 무관합니다. 오히려 내 행복의 균형이 깨질 뿐이지요. 타인을 인정하는 일은 내가 인정받을 때보다 더 큰 소득을 안겨 줍니다. 많은 사람들로부터 존경을 받는 사람들은 아주 오래도록 자기 자신보다 앞의 상대를 존경하고 인정해 왔다는 사실을 알 수가 있습니다. 인간관계 소득의 구조는 이처럼 역방향 현상을 보입니다.

타인의 행복을 해치지 않는 것은 참으로 경건하고 명예로운 삶입니다. 남을 해하는 일이 너무나 자주 발생하는 시대가 된듯합니다. 우리가 미처 깨우치지 못하는 문명의 오판이 부른 결과입니다. 너무나 당연시 되는 타인을 향한 가해 행위는 이제 하나의 문화로 자리를 잡았습니다. 그만큼 타인의 행복을 해치는 일에 능숙해진 우리 각자가 가면을 쓴 채 서로의 손을 잡고 거릴 활보하고 있습니다. 누구의 손에 가시가 쥐어져 있는지 아니 가시를 들고 어느 사람을 대상으로 정하고 상처를 내며 살아가고 있는지 헤아리기 쉽지 않습니다.

무작정 사람이 그리운 시대는 더 이상 과거의 유물 일 뿐입니다. 이제는 사람이 그리운 것이 아니라 사람이 무서운 세상이 된 것 같습니다. 사람을 만나면 벽이 없기를 바라면서도 정작 그 자신이 하나의 두터운 벽을 세워 놓고 살아가고 있습니다. 벽은 더욱 두터워지고 가까이 다가갈 수 없는 메마른 사회는 빠른 속도로 성장하고 있습니다. 너무나 당연하게 자신이 잘되기 위해 살생부를 오른손에 들고 타인과 마주하고 있는 것입니다. 그는 벽이고, 그를 바라보는 나도 벽입니다. 그래서 우리는 언제나 타자로 살아가야 합니다.

사회를 위해 큰 공헌을 하지 않아도 나와 다른 사람들의 삶을 내가 잘 되기 위해 해치는 삶만 살아가지 않더라도 서로 앞에 가로놓인 그까짓 벽은 잠을 자고나면 금방 허물어져 버릴 수 있을 것입니다. 어떻게 생각하십니까? 자신이 가지고 있는 행복의 가치를 진실로 귀히 여기고 헤아리는 사람은 타인의 행복에 대한 가치가 무엇이며 얼마나 소중한가를 아는 법입니다. 남의 행복을 자기 것인 양 마음대로 훼손하고 상처를 주는 사람은 그 자신 행복의 가치를 모르거나 삶 자체가 행복을 추구해오지 않았다고 보아야 할 것입니다 왜냐하면 행복이란 정당하고 바른 소망과 실천의 결과이기 때문입니다.

그대가 행복하기 위해
타인의 행복을 넘보지 마라.

품을 만큼 주는 것이
우주의 법칙이다.
그릇이 안 되는데
넘칠 만큼 주지 않는다.
남의 밭에 씨를 뿌린다고
자신의 곡식이 아니듯이
빼앗은 남의 행복은
결코 나의 행복에 영향을 주지 않는다.
종자가 다른데
하나가 될 수 없는 것 같이
남의 행복을 빼앗으면
자신의 행복까지
잃어버리게 된다.

● 생각 열셋.

인생 바로알기

어둠 속에 갇혀 있을수록 빛을 찾아내려는 노력, 절망적일수록 희망을 키워내려는 집념, 아무것도 할 수 없을 때 무엇인가 찾아내려는 열정, 이것이 바로 인생입니다.

어떠한 상황에서든 꿈을 버리지 마세요. 꿈은 미래를 가져다주고 현재를 개선하며 살아서 존재케 하고 실패를 치료하며 절망을 가두고 희망을 부르며 용기를 선물하고 살아 있다는 사실에 희열을 느끼게 하고 자신의 존재 가치에 눈뜨게 하며 생명력을 증대시키는 힘이기 때문입니다.

세상에는 육신의 무덤이 있고
정신의 무덤이 있다.
육신이 무덤에 갇힌 사람이 있고
정신이 무덤에 갇힌 사람이 있다.
육신의 무덤은 때가되어 시간을 마친
장엄한 유적이다

그러나 정신의 무덤은
아직 죽지 않은 자의 무덤이라는 점에서
갇힌 그 자신의 수치이다.
아무것도 할 수 없다고 생각하는 사람은
모두 그 정신이 무덤에 안치된 사람들이다.
살아도 죽은 자요,
죽어도 명예롭지 않은 사람들이다.

용서

　　　　　자신에게 상처를 안겨 준 상대를 용서하지 않고서는 우리 마음속에 있는 상처를 절대로 치유 할 수가 없습니다. 불씨가 남아 있는 미움은 언젠가는 다시 점화가 됩니다. 말끔히 용서하지 않는 한 언제나 상대는 자신 속에서 불씨로 존재합니다.

　나쁜 기억과 오해, 그로 인한 증오, 원한 등이 재차 되살아나서 우리 자신의 내면을 파괴하게 되는 데에는 모두 저마다 미움의 불씨를 끄지 않았기 때문입니다. 미움과 원한의 불씨는 용서와 사랑의 힘만이 끌 수가 있습니다. 원수를 사랑하는 일은 곧 나의 구원으로 직결됩니다.

　용서는
　명예로운 훈장을 받는 길이다.
　남을 위해 한다고 하지만
　정작 남을 위해 하는 것이 아니라
　나를 위해 하는 것이 용서이다.

그래서 남을 용서하는 일은
나를 아끼는 길이니
인색할 필요가 없다.
모든 존재는 상대를 용서하기에
내 마음속의 증오가 치유되었고
용서 받았기에
상대의 증오를 치유할 수 있었다.
상대를 용서하지 않고는
세상 어떤 미움과 증오도
치유되지 않는다.

● 생각 열다섯.

나는 이해를 많이 받고 살아가고 있을까?

마주하고 있는 상대는 나를 얼마나 이해를 하고 있을까? 누구나 궁금해 하는 일입니다. 이해를 많이 받고 살아간다는 것은 매우 신나는 일이기 때문입니다. 나를 이해해주는 사람을 가까이 두고 관계를 갖는 순간 삶의 여유가 생기고 잡음 없이 원만한 관계를 이어가게 됩니다. 부족한 우리는 되도록 나를 이해해주는 사람을 많이 만나야 불행으로부터 멀어질수 있습니다. 이해를 받고 살아가는 사람과 이해를 받지 못하고 살아가는 사람은 얼굴빛부터 다릅니다. 믿는 구석이 있어야 생활도 재미가 있고 활력이 넘쳐 나게 되지요.

사람은 누구나 좀 더 이해받기 위해 새로운 만남을 찾아 나서게 됩니다. 그만큼 외로운 시대를 살아간다는 뜻이지요. 이해심은 상대에게 존재감을 직시하는 거울을 안겨 줍니다. 이것은 상당한 삶의 에너지로 작용을 하지요. 다른 사람에게는 손가락질을 받아 힘겹고 우울하게 지내는 사람들이 자신을 깊이 이해하는 사람을 곁에 두고 지낼 때 심리상태에서 작은 생의 반전을 맛보게 됩니다.

반면에 나는 얼마나 상대를 이해하고 있을까 라는 깨우침은 더디게 오는데 이런 뒤늦은 깨우침이 서로 불화를 키우는 동기가 됩니다. 내가 상대를 이해하고 있나 라는 깨우침의 순간까지 도달하려면 매우 양심적이거나 섬세한 인품이 아니면 '왜 내 마음을 몰라주는 거야'라며 외치는 상대의 절규가 따라주어야 비로소 가능한 일입니다.

그만큼 우리는 상대를 이해하는 데 둔감하거나 무관심의 상태에 정지되어 있습니다. 다만 이해하고 있다고 느낄 뿐입니다.

우리는 타인을 이해하는 일에는 서툴고 이해받기를 바라는 마음은 잘 발달되어 있습니다. 조금만 더 자신을 이해해준다면 내가 잘 할 수 있을 텐데 사람 마음은 몰라주고 저러나 싶을 때는 비슷한 야속함을 누구나 겪고 사람을 만나게 됩니다. '저 사람 말투를 보면 나를 조금도 이해하지 않고 있는 것이 분명해. 그러니 내가 잘할 수가 있나' 이리저리 머리 굴려 살피고 숱한 의문과 질문을 던지면서 상대와 마주하고 있습니다.

갈등이 피어내는 일들을 보면 모두가 자신의 입장에 서는 일을 멈추지 않기 때문입니다. 그러다 보니 상대가 곱게 보일 리가 없습니다.

상대로부터 자신이 이해를 받고 있는지에 대한 관점은 모든 사람들에게 무엇보다 절실한 사안입니다.

상대가 나를 이해하는 감정의 빈곤이 적다는 생각은 우리를 아주 미치도록 외롭게 합니다. 많은 사람이 이해를 하기보단 이해를 구하기 위해 상대를 만납니다.

어깨를 부축해주고 기댈 수 있는 사람을 찾는 것은 그만큼 우리 자신이 외롭기 때문입니다.

싸움의 발단은 거의 다 자신이 상대로부터 이해를 받지 못하고 있다는 예감 때문에 일어납니다. 이런 느낌은 여기서 그치지 않고 쉽게 사라지지도 않으며 언제나 가슴 한편에 머물면서 상대를 부정적으로 바라보는 데 사용되곤 합니다. 우리가 상대의 참모습을 제때 발견하지 못하는 이유는 더 이해하고 덜 이해받는다는 판단 때문입니다. 개인의 처지와 상황에 따라서 약간의 차이는 있을 것이나 대다수가 이런 엉킨 생각의 틀 속에서 지낸다는 결론은 무리가 없다고 봅니다. 자신은 상대를 많이 이해를 하는데 상대는 나를 덜 이해하고 있다는 결론은 상대를 소중하게 여길 수 있는 기회를 박탈하게 되고 서서히 불신을 키우는 동기로 발전하게 됩니다.

따져보면 이것만큼 기분상하는 일이 없습니다. 괜히 손해 보는 듯한 감정들이 관계를 더욱 부자유하게 하고 소란을 키우게 됩니다. 점점 더 상대에게 더 많은 이해를 구하게 되고 그럴수록 불신이 깊어지게 됩니다. 종극에는 상대는 나를 이해하지 않았고 자신은 상대를 아주 많이 이해해 왔으며 그나마 둘이 관계를 유지할 수 있는 것은 상대보다 자신의 이해심이 훨씬 많았기 때문이라는 어설픈 결론에 도달하게 합니다.

그렇다면 상대는 자신의 이런 생각을 어떻게 받아드리고 어떤 결론을 내리며 자신을 대할까 궁금하지 않을 수 없습니다.

이런 점은 상대도 나와 별반 다르지 않습니다. 이것은 판단 미숙의 덫입니다. 상대가 나를 이해하고 지내고 있다는 결론을 내리는 사람은 그리 많다고 할 수 없습니다.

그와 같은 생각에 도달한 사람들은 참으로 적지 않게 상대에게 요구한 것보다 그 이상의 이해를 받고 지낸 기간이 있었거나 어떤 계기가 있었을 것입니다. 자신은 상대를 많이 이해하고 포용하는데 상대는 나를 이해하지 않는다는 속단을 내리는 데 우리들은 자신도 모르게 익숙해져 있습니다.

그러면서 이해받기를 바라는 마음은 누구나 같습니다. 현재 만남을 유지하고 있거나 함께 같은 공간에서 살고 있는 상대가 나를 이해하고 있을까 하는 문제에 밀착해 있는 것은 애초에 인간이 잦은 실수가 많고 이기적인 동물이기 때문입니다.

그만큼 우리는 상대에게 상처를 남기며 지내고 있습니다. 너나 없이 이해받기를 바라는 마음은 강하고 이해를 하는 기술은 빈약한 것이 우리들입니다. 우리는 누군가의 이해가 없이는 원만하게 벗해서 살아가지 못합니다. 서로를 이해하는 일에 인색하지 않아야 할 이유입니다. 대다수의 사람들은 자신이 상대에게 이해를 받지 못하면서 지낸다는 생각에 빠져 있습니다.

그러나 지금 그대 앞에 마주하며 관계를 갖고 있는 모든 사람들은 적어도 다른 많은 사람들보다는 상대를 이해를 하고 있다는 사실입니다. 이해를 하지 않고는 어떤 상대도 그대 앞에 마주하지 않습니다.

얼마나 더 많이 이해를 하고 있느냐는 매우 중요하지만 그 크기와 깊이를 논하기에 앞서 상대가 나와 같이 이해하면서 함께하고 있다는 사실을 깨닫는 것이 중요합니다. 그러므로 그가 누구이든지 그대 앞에 있는 상대는 소중한 존재입니다. 이러한 사실을 깨닫는 순간 그대의 인간관계는 더욱 폭넓어 지고 깊어집니다. 사람은 자기의 입장을 잘 이해해주는 상대에게 호감을 갖게 됩니다. 자기를 보호하고 아끼려는 본능적인 대응입니다.

한꺼번에 천리 길을 갈 수 없듯이 누군가 나와 함께 긴 시간을 동행해 왔다면 그 시간만큼 자신을 이해해 왔다는 것을 보여 줍니다. 찡얼찡얼 엉겨들면서 불만을 말하고 남의 탓을 논하는 순간 소중한 존재와의 거리는 점점 멀어지게 됩니다. 상대에게 무엇을 해줄까, 어떻게 하면 좀 더 이해를 해줄까, 고민하는 사람은 이해를 받으려는 사람보다 행복해질 수 있습니다.

지금 누가 그대 곁에서 머물고 있다거나 무슨 직업을 갖고 있으며 어떤 사람인지는 중요하지 않습니다. 내가 오직 중요하게 생각하는 것은 그가 다른 어떤 사람보다 그대를 잘 이해하고 이해해 온 사람이라는 사실을 알아야 한다는 것입니다.

곁에 있는 사람을 소중하게 여기기란 참으로 쉽지 않은 일입니다. 흔히 이러합니다. 앞의 상대는 조금 부족한 사람인데 자신이 이해를 많이 해서 데리고 살거나 만나고 있다고 말입니다.

상대는 맹추가 되고 자신은 드높이는 말은 누구나 하고 살아갑니다. '그 사람 내가 없으면 죽도 없고 밥도 안 돼. 아마 하루도 못 버티고 아작날 거야! 나 정도 되니까 데리고 살거나 놀지.' 상대는 자신을 이해하지 않고 내가 챙겨 그나마 산다는 말까지 하며 이러쿵저러쿵 불만 섞인 말들을 주절주절 늘어놓습니다. 누구나 이러한 함정 속에 빠져 살아갑니다. 특히 상대를 업신여기는 사람들은 함정에 빠져도 아주 깊이 빠져 지내는 부류에 속합니다.

두 사람 중 서로를 이해하는 기준과 깊이가 같을 수는 없는 문제이므로 그가 하는 말이 일정부분 타당한 결론일 수 있습니다. 그런데 상대를 더 많이 이해하고 산다고 여기는 사람들 치고 정작 이해를 많이 하며 사는 사람은 드뭅니다.

오히려 상대를 이해하는 마음이 부족한 것 같다고 토로하는 사람들은 알고 보면 더 많은 이해를 하고 있습니다. 상대보다 자신이 부족하다고 느끼는 마음은 상당한 이해심이 없이는 도달할 수 없는 경지에 속합니다. 내가 부족한 사람인데 상대가 이해를 많이 해주어 관계를 맺고 있다고 자신 있게 말하는 사람은 드물다는 것입니다. 그렇게 말을 하는 순간 손해를 보는 것 같은 생각이 머릿속에서 고개를 바짝 들고 일어나기 때문입니다.

다툼이 많은 사람들의 관계를 들여다보면 상대보다 자신이 이해심이 많다고 느끼고 있습니다. 이런 사람들은 자의든 타의든 서로에게 상처를 즐겨 만들어 주고 그 골은 의외로 상당히 깊습니다. 서로 이해심이 많다고 주장하는 순간이 길어지는 상태에서 둘의 존재가 중요하게 생각될 리 없습니다. 결국 기다리는 건 이별이거나 이혼의 벽입니다.

누가 더 많이 상대를 이해하고 사는 것일까 평가를 할 때, 둘의 주장만 들어 보아서는 그 차이를 제대로 파악할 수 없습니다. 두 사람 모두 자신이 상대보다 더 많은 이해를 하고 살고 있다는 개념에 빠져 있기 때문입니다. 이런 생각의 차이는 결국 서로를 힘들게 하는 덫이 됩니다. 만나는 순간이 지겹고 바라보며 버티는 일이 갈등만 일어나게 합니다. 상대를 이해하는 마음이 작으면 상대가 나를 이해해주는 마음이 적을 수밖에 없습니다. 이해를 덜 받고 살아가고 있다고 불만을 늘어놓는 사람들은 대다수 상대를 이해하는 마음이 작은 사람들입니다. 한쪽이라도 깊이 상대를 이해하고 살아가는 가정이나 만남은 매우 조용하고 넉넉합니다. 상대는 나를 이해해주지 않고 주구장창 내게 요구하고 손해를 입힐 것 같지만 내가 열심히 상대를 이해하는 동안 상대는 나를 이해하는 방법을 터득하게 됩니다. 그러는 사이 자신도 모르게 상대로부터 많은 이해를 받고 살아가고 있다는 사실을 깨닫게 되는 것입니다. 이해는 이해를 부르게 됩니다. 이해는 이해를 넓혀 줍니다. 반면에 이해를 하지 않으면 이해를 받을 수 없습니다.

젊었을 적에는 서로 으르렁거리는 부부가 어느 날부터 서로를 이해하고 아껴주는 사이로 변하는 것을 볼 수 있습니다. "우리 서로 이해하며 삽시다." 손가락 걸고 그리되지는 않습니다. 그런 부부들은 서로가 이해받고 있고 이해를 하며 살아왔다는 사실을 반

복해서 알게 되었고 이를 통해 상대의 존재가치를 새롭게 깨닫게
된 것입니다.

화곡(和哭)

다르다는 이유 앞에서 망설이지 말아요.
다르다는 이유로 다투지 말아요.
함께 두 손을 맞잡고 험한 세상 둥지가 되요.
혼자서는 살 수 없어요.
그대 한 번 돌아보세요.
미워하고
미워하고
또 미워하는 이가 없는지
서로 다른 우리들, 하나로, 하나로,
손을 잡아 손잡아, 닫힌 문을 열고서
너는 나에 또 하나 나는 너에 또 하나
우리 모두 그렇게 다를 수 없어요.
바로 지금
바로 이때
누군가를 이해해주세요.
그대가 먼저
그대가 먼저
아, 아, 아
그대가 먼저
먼저

● 생각 열여섯.

생각을 바꿀 때 반전이 기다립니다

이해는 학습이 필요합니다. 개인의 이기적인 생각은 더 원만하고 완숙한 인격에 도달하는 길을 막아서고 타인을 대하는 데 인색하도록 이끌어 갑니다. 편협한 생각의 틀에 빠지게 되는 순간, 타인은 배제되고 오직 자신의 위치와 관점 속에 빠지게 됩니다. 이해의 빈곤 시대를 살아가는 모든 사람들에게 필요한 것은 생각을 바꾸는 일입니다. 바꾸어 생각하지 않고 지내는 동안은 언제까지나 상대를 이해하는 일에서 서툴 수밖에 없습니다. 생각을 바꾸기 위해서는 상대의 입장에서 생각해보는 일을 즐겨할 때 가능합니다. 거울을 보듯이 상대의 처지를 헤아릴 수는 없습니다. 표면적이 아닌 근본적으로 인간은 이기적인 동물이기 때문입니다. 최근에 종종 벌어지고 있는 아파트 층간갈등 살인사건은 상대를 이해하는 학습을 하지 못했기 때문에 발생한 것입니다. 이웃과 살아가면서 소음이 없을 수는 없습니다.

도시생활 자체가 소음입니다. 소리를 벗어나서 살아가려면 도시를 떠나 살아야 하겠지요. 가족들이 모여 사는 집에서 밑에 층 사람들 때문에 살금살금 고양이발을 딛고 지낼 수는 없는 일이지요. 도시에서 살아가는 순간은 소음에 익숙해져야 합니다. 공동화의 삶은 나의 기준을 버리지 않고 영위할 수 없습니다. 위층에서 지내는 사람들은 다소 조심할 필요는 있습니다. 자신이 밑에 깔려서 생활해보면 아래층에서 소음에 시달리는 이웃의 입장을 충분히 이해할 수 있을 것입니다. 층간소음은 아이들이 있는 집에서 많이 발생합니다. 그렇다고 해서 아이들이 자유롭게 뛰어노는 것을 방지하기 위해 때마다 제동을 걸어 훈육을 하는 꾸지람은 정서적으로 좋은 일은 아닙니다. 다만 아래층에 사는 사람들이 느껴야 하는 고충을 설명하고 다소 조심해야 한다고 설명하면서 이해를 시킨다면 아이들이 이웃의 고충을 이해하는 기준이 생겨서 사회성 발달에도 좋은 교육이 될 것입니다. 층간소음이 발생해도 이웃 간에 잘 지내는 사람들은 얼마든지 있습니다. 1층을 제외하고는 모두 층간소음에 시달리며 살아가지요. 그런데 이번 사건처럼 때마다 시비가 붙고 아래층에서 위층을 뛰어다니며 다툼을 일삼고 살인을 저지른다면 우리 이웃 간에 희망은 사라지게 됩니다. 위층에 사는 사람이 생각을 바꾸고 가끔은 아래층에 사는 사람에게 사과의 편지를 띄우거나 반찬 하나라도 들고 가서 인사를 하고 이해를 구한다면 그 행위가 따스한 이웃을 사귀는 일이 되는 것이지요. 한 번 얼굴을 익히고 두 번 얼굴을 익히며 서로를 이해하는 학습을 하게 되면서 층간갈등은 사라지게 되는 것입니다. 그런데 우리는 이러한 방법을 택하기보다는 아래층에서 '좀 조용히 합시다' 하고 진정이 들어오면 너도 애를 키워보라든지, 이웃 간에 그것도 하나 이해하지 못하냐며 언성을 높입니다. 밑에서 층간소음에 시달리는 사람의 입장에서는 이 말이 비수와도 같이 날아와 박힙니다. 된장독을 깨고 엎어진 된장에다 침을 뱉는 격이 되지요.

이 상태에서 싸움이 발생하지 않을 수는 없는 노릇입니다. 위층에서 보면 아래층에 사는 사람들이 그것 하나 이해하지 못하냐고 소리를 지르지만 아래층에서 뛰 쳐 올라오고 언성이 높아지기까지 꾹 참고 이해를 해왔다는 사실을 알아야 합니다. 한 번의 '쿵' 소리를 듣고 위층에 뛰어 올라오는 사람은 하나도 없을 것입니다. 이러한 사실을 헤아리는 순간 이웃 간에 이해하는 기준에 반전이 기다리게 됩니다.

아래층도 1층에 살지 않는 이상, 그 또한 자신의 아래층에 사는 사람들에게는 소음으로 피해를 주는 가해자라는 사실을 알아야 합니다. 자신이 층간소음 때문에 고함을 지르며 위층으로 뛰어 올라가 소리를 지른다면 자신의 아래층에서도 똑같이 누군가 뛰어 올라와서 내뱉는 욕을 얻어먹어야 합니다. 이와 같이 사람들은 누군가와 벗해 있어서 서로를 이해하지 않고는 살아가지 못합니다. 나만 상대를 이해하는 것 같으나 상대도 나를 이해하고 있다는 사실을 느끼는 순간이 메마른 사회를 살아가는 지혜이며 그 메마름을 치유하는 묘약이 됩니다. 당신도 충분히 반전의 기회를 가질 수 있습니다.

어린 시절의 일이다.
타고 가는 버스에서
누군가 모르고 발을 밟았다.
몹시 아팠다.
상대는 미안하다는 마음을 감추지 못하고
땀까지 흘리는 듯했다
화가 뒷목에서 튀어나오려고 했다.
상대는 내 표정만 뚫어져라
바라보았다.
나는 '제 발을 밟느라고
수고하셨습니다' 하고 인사를 했다.
덕분에 나는 웃을 수 있었고
그도 웃을 수 있었다.
반전이 없는 인생은 무미건조하다.

● 생각 열일곱.

그대는 이해받기에 이해해도 됩니다

상대를 많이 이해하려면 우선적으로 기준을 세울 필요가 있습니다. 누구나 자신이 생각하는 것보다 더 많이 상대로부터 이해를 받고 살아가고 있다는 사실을 알게 되면 이해의 폭은 저절로 넓어집니다.

군이 상대로부터 이해 받기를 원하지 않아도 상대는 나를 이해하고 있습니다. 잘 모르거나 망각을 하고 있을 뿐이지요. 상대를 깊이 이해하기 좋은 방법은 따로 있지를 않습니다. 어느 한순간 지그시 눈을 감고 상대의 입장과 나의 입장을 비교해보는 것입니다. 서로 입장을 바꾸어 생각하는 일은 서로의 상처를 치유하고 이해의 폭을 넓히는 데 가장 유익한 방법이 됩니다. 천성적으로 마음이 넓은 사람이 없지는 않으나. 대다수의 사람들은 이해하기 위한 준비를 해야 하고 방법을 선택할 필요가 있습니다.

자신의 입장에서 빠져 지내는 사람은 상대의 처지를 제대로 이해 할 수 없습니다. 그러나 자신을 놓아두고 상대의 처지를 바꾸어 생각하는 일은 결코 쉬운 일이 아닙니다. 차분히 상대의 입장을 생각할 때 서운한 일들이 뒷목을 감겨오게 됩니다. 상대가 내게 베푼 좋은 일들은 뒤에 숨고 상대에게 당한 서운한 일만 앞의 시야를 가로막지요.

내가 가만히 앉아서 이 짓을 왜 하나 싶고, 더듬어 보면 서운한 짓거리만 골라서 했는데 이러다 보니 엉뚱하게도 죽도록 미워하다가 시간을 보내기도 합니다. 상대의 입장에 서 보는 일에는 훈련이 필요합니다. 한 번 돌아본다고 해서 즉시 넓은 마음이 되지는 않습니다.

자꾸 자신을 진정시키면서 상대의 입장에 서다 보면 왠지 자신이 미안하고 상대가 측은해보이면서 가슴 밑바닥에서 울컥하고 솟아나는 것이 생기게 됩니다.

'내가 너무 심했네······', '내가 너무 상대 입장을 외면하고 살았구나' 하는 느낌이 오는 그 순간이 닫힌 마음의 문이 열리면서 상대를 이해하는 방법을 깨닫게 되는 단계가 됩니다. 가부좌를 틀고 장시간 동안 앉아 수신을 하는 수행스님들이 고통을 참고 수도에 전념하면서 사물과 자연이 하나가 되고 그 대상과 하나가 되었을 때 비로소 득도의 경지에 오를 수 있다는데, 이것은 모든 수행의 근본정신입니다.

수도를 통해 도달하는 해탈은 결국 대상을 깊이 이해하는 과정을 거치며 얻어지는 일련의 이해하기 위한 수련입니다. 인간의 만남과 인연 자체가 이해의 결합입니다. 내가 이해를 받고 있지 않다고 느끼는 순간은 그자신이 상대를 많이 이해하지 못하고 있을 수 있다는 사실에 주목할 필요가 있습니다. 반대편에 서서 상대의 입장을 이해하지 못하는 관계는 발전이 있을 수 없고 파경의 길에 들어서기 쉬워집니다. 무조건 이해를 하라는 말은 아닙니다.

손해 보고 있다는 감정에서 벗어나라는 말이지요. 그것이 상대를 이해할 수 있는 기본정신입니다. 다툼이 많은 관계가 다시 좋아지는 경우는 상대가 더 많이 자신을 이해해주기 때문이 아니라 상대가 자신을 많이 이해해주고 있다는 사실을 깨닫게 되는 순간입니다.

"알고 보니 상대가 나를 많이 이해해주고 있었어."

"상대편에 서 보니까 내가 옹색하고 너무 상대의 마음을 몰라주었어! 그래서 나도 상대를 더 많이 이해하게 되었지!"

이 말은 주변 사람들로부터 흔하지 않게 들어 보았을 것입니다. 이 말들은 우리 자신이 상대로부터 많은 이해를 받고 살아가고 있다는 사실을 증명합니다.

마음먹기

너무 크게 기대하지는 마세요.
기대 저편에 큰 실망이 자라고 있으니까요.
너무 밝은 곳에 오래 서 있지 마세요.
어둠이 밀려오면 아무것도 할 수 없으니까요.
너무 높은 곳에 올라가려고 하지도 마세요.
낮은 곳에서 하루도 견디지 못하니까요.

너무 크게 눈을 뜨지 마세요.
지쳐서 눈물이 고이니까요.
너무 낮은 곳에 안주하지는 마세요.
꿈을 잃어버릴 수도 있으니까요.
상대에게 베푼 것을 기억하지 마세요.
베푼 만큼 미워지고 인색해 지니까요.
너무 가까이 사랑하지는 마세요.
이별할 때 아프니까요.
슬픔을 지워버려 너무 애쓰지 말아요.
두고두고 남겨지는 슬픔은 없으니까요.
너무 잡으려고 하지 마세요.
인생은 저절로 안기는 것이 많으니까요.
이루지 못했다고 실망하지 마세요.
다시 시작하면 몇 배를 이룰 수 있어요.
푸른 숲에는 가시나무가 자라고
절벽 밑에는 아름다운 꽃이 피어나고 있어요.
어렵고 힘든 일도 마음먹기에 달라져요.
인생은 생각보다 아름다운 거예요.

● 생각 열여덟.

상대를 이해하는 일은 배려가 필요합니다

다른 사람의 마음을 이해하는 일이 쉽다면 사회는 결코 이토록 메마르지 않을 것입니다. 지금보다는 다툼이 적은 사회가 되었을 것입니다. 자신의 기준에 갇혀 살아가는 현대인들은 상대를 이해하는 데 시간을 빼앗기고 싶지 않아합니다. 자신을 생각하는 기준에서 벗어나면 낙오된 것 같고 불안해지기까지 합니다. '나 살기도 피곤한데 남까지 이해하며 어찌 살아' 하는 생각이 가슴에 잔뜩 쌓여 있지요. 그런 생각의 담벼락은 크고 견고해서 언제나 우리는 타인에게 관대하지 않고 살아갑니다. 서로를 넘볼 수 없는 성벽을 가지고 살아가는 것이지요.

이 문제는 사회성의 희망을 앗아가고 서로 각자가 무서운 이웃으로 살아가게 하는 동기가 됩니다.

지금 당장 생각해보세요. 지금 당신은 당신의 이웃이 무슨 일을 하며 이름이 무엇인지 그리고 이웃에 벗해서 살아가지만 인사를 나누는 이웃이 몇 명이나 되는 지요. 열 손가락을 자신 있게 셀 수 있는 사람은 타인을 이해하는 폭이 넓은 사람입니다. 그런 반면 대다수의 사람들은 내 이웃이 누구인지 잘 알고 지내지 않습니다. 우리는 급하게 도시를 나갔다가 급하게 들어옵니다. 시선을 돌려서 누구를 만나거나 마주칠 일도 없고 마주치려고 생각하지도 않습니다.

이것을 놓고 현대인들은 문화라고 이해하며 살아갑니다. 관심의 실종 시대는 각자를 고독의 성으로 유배 시켜 놓습니다. 사람이 없어서 외롭기보다는 사람을 이해하지 않고 자신의 관심 밖으로 돌려놓기 때문에 외로운 것입니다. 현대의 문명이 저지른 실수는 인간을 쫓기는 삶을 살게 한 것입니다. 편리성을 추구하면서 인간은 되려 정신문명의 풍요를 상실하는 대가를 치루고 있습니다. 쫓기듯 사는 우리는 어쩌면 이웃을 생각할 수 있는 기회와 마음의 여유를 상실했는지 모릅니다. 이러한 사회구도를 보면 우리 자신이 점점 더 타인을 이해하지 못하는 단계로 진화하는 것이 당연한 일일 것입니다.

점점 더 외로운 시대를 살아갈 것이며 머지않아 아무도 이해하지 못하는 감정식물인간이 될 수 있습니다. 그로부터 문명의 종말이 시작된다는 것이 부족한 저의 생각입니다, 서로를 이해하지 못하는 인간사회는 동물 사회보다 더 야만적일 수밖에 없습니다.

우리는 해서는 안 되는 일을 저지르며 이웃을 등지고 앞의 상대를 놓아버리는 일을 쉽게 하고 있습니다. 이해심의 빈곤시대는 사회적 충돌을 생산합니다. 포용이 없이 적대적이고 대립만 일삼는 오늘의 현상은 우리 모두가 감정충돌시대에 살고 있다는 사실을 증명합니다. 누구나 피해자가 되고 가해자가 되는 불운한 사태는 모두 이해심의 상실에서 제기된 것입니다. 그래서 상대를 이해하는 일은 그만큼 중요합니다. 내가 이해심이 부족하게 살아가는 동안 자신을 스쳐 가는 많은 사람들이 상처를 받고 있습니다.

자신은 전혀 그렇게 생각하지 않고 있는데 어느 날 이야기를 들어보면 자신도 모르는 사이 상대가 자신의 부주의로 인해서 큰 상처를 받고 있었다는 사실을 알곤 합니다. 그만큼 상대의 입장에서 생각하는 기회를 갖지 못했기 때문에 일어나고 있는 현상입니다.

상대를 이해한다는 일은 결국 내가 생각하는 것 내가 소중하게 생각하는 것처럼 상대를 배려하는 일입니다. 세대 간의 갈등, 지역 간의 갈등, 이념의 갈등, 학력차이의 갈등, 성차별의 갈등, 사제 지간의 갈등, 동료 간의 갈등, 정치 집단의 갈등. 이런 모든 갈등의 원인이 이해의 빈곤시대를 살아가면서 생겨난 일들입니다. 갈등은 새로운 갈등을 양산하는 지속성이 있습니다.

벗하지 않은 생명은 없다.
꽃의 이름을 기억하는 사람보다
이웃 사람의 이름을 기억하는
그가 더 아름다운 사람이다.
너는 어디에서 사는지
너는 내게 누구이며
나는 상대에게 무엇인지

잘 아는 그대가 희망이다.
이해하고 알아주는 그 시간이
우리 모두의 희망이 된다.
모른 채 살아가는 무수한 사람들 속에
내가 반드시 만나야 할 운명이 포함되어 있다.
그러므로 내가 모르는 사람이라 하여
그들의 아픔을 무관심하거나
이해하지 않는 것은
소중한 상대를 잃어버리는
실수와 다르지 않다.

상대를 이해하는 기술이 희망입니다

사회가 메말랐다고 합니다. 이웃 간에 정은 없고 서로를 이해하기보다는 상대를 업신여기고 으르렁거리는 일에 집착하는 사람들로 넘쳐나고 있습니다. 세상의 많은 사건이 오해로 불거지고 이해 부족으로 발생하고 있습니다. 상대가 나와 생각만 달라도 핏대를 세우고 다투는 일을 주저하지 않습니다. 곰곰이 생각하는 순간, 조금만 이해하면 되는 일들이 큰 화를 부르는 경우가 적지 않습니다.

이와 같이 아주 단순하고 명쾌한 사실을 누구나 알고 있으면서 이러한 현상이 변화되지 않으면 사회성이 추락되고 추후 몰고 올 불우한 시대의 앞날을 예고 합니다. 지독하게 고독하고 외로운 시대로 변화되어 가는 지금 그 현상을 진단해보면 각자가 사회와 이웃으로부터 희망을 전달받지 못하고 있기 때문이라는 결론에 도달합니다.

우리사회는 점점 더 상대를 이해하지 못하는 이기적인 사회로 빠르게 진화하고 있습니다. 이대로 가다간 이웃으로 살아가는 모든 사람들에게 우리 자신은 더 이상 희망으로 존재하지 못할지도 모릅니다. 우리가 서로에게 희망이 되어 주지 못할 때 사회성은 사라지고 기대고 위로받는 일들은 서서히 없어지고 말 것입니다. 그만큼 외로운 일들이 많아질 것입니다. 수없는 사람들이 새로운 인연을 찾아 나서는 것은 다른 새로운 사람들에게 자신이 올바른 평가를 받고 더 많은 이해를 받기 위함입니다.

그만큼 우리는 각자가 이해심에 메말라 있으며 이해를 구하고 있습니다. 계속해서 사회는 어두워져가고 있고 각종 사건으로 도배되고 있습니다. 우리는 다시 서로에게 희망이 되고 기댈 수 있는 따스한 어깨가 되어 이웃으로 존재해야 합니다.

이해가 부족한 사회는 다른 것을 수용하지 못합니다. 조화롭게 벗하기보다는 대립하고 적대시합니다. 깊은 이해심은 조용하고 넉넉한 사회를 열어가는 교량이 되어 줍니다. 이해받기를 좋아하면서도 상대를 이해해주는 기술이 부족한 사회는 배려가 없습니다. 사람이 희망인 세상은 서로 간에 이해를 많이 해주는 사회입니다.

사람을 이해하는 마음은 사회성의 기초입니다. 이제라도 사람을 이해하는 기술이 희망의 주제가 되는 사회로 변화해야 합니다. 인정 넘치는 사회는 상대를 이해하는 기술이 발달되어 있는 사회입니다. 상대적 박탈감이 큰 세상을 인정 넘치는 사회로 만들어 가려면 무엇보다 이해심이 필요하며 이러한 가치가 관계성의 기본이 되어야 할 것입니다. 사람이 희망이라는 노래가 있습니다.

사람은 물질의 소유 속에서 행복하다기보다 바로 곁에 있는 사람과의 원만한 관계 속에서 행복이 성취됩니다. 나를 이해해주는 누군가가 곁에 있는 일은 많은 물질을 가진 것보다 더 큰 생의 위안이 됩니다. 이제부터라도 잠시 잊고 지낸 상대를 이해하고 격려하는 시간을 가져야 합니다.

어깨를 내 주오

혼자서 걸을 수는 없어 가파른 이 길을
어깨를 내주고 기대며 내일을 열어가야지.
오늘 하루 내가 혼자 있기엔
혼자서 살아가기엔
길은 멀고 늪처럼 시련은 깊어
거칠은 들판에서
그대야, 그대야.
감당하려 하지 마.
혼자서, 혼자서.
태어나 인생을 마주하고 살아보니
꽃이든
별이던
달이든
기댈 수 있는 어깨보다
아름다운 건 없지.
향기가 있는 열매를 찾아서
길을 걷다가, 그대 쓸쓸하거든
어깨를 기대고
어깨를 내 주오.

우리 모두는 잘할 수 있습니다

패인이 넘쳐나는 시대가 되었습니다. 경쟁에서 낙오된 사람들이 도처에 아우성입니다. 역사는 사람 저마다의 행복을 성취시켜주는 데 많은 실패를 했습니다. 많은 사람들이 행복의 대열에서 이탈했습니다. 국민의 행복지수는 땅에 떨어지고 행복하기 위해 바쳐지는 수고만큼 행복하지 않습니다. 우리는 이렇듯이 그 반대의 현 상속에서 삶의 중심을 잡지 못하고 흔들리고 있습니다. 실패의 바다. 삶은 이토록 고독하고 치열한 설전으로 물들어져 가고 있습니다. 우리는 그 속의 나약한 군중입니다. 불꽃 튀는 개인의 염원은 왕성한 역사의 마그마 속을 드나들면서 각자가 경쟁이라는 이름으로 살아가고 있으나 삶의 원형 안에서 불안한 나날을 보내야 합니다. 이토록 부자유한 역사의 물결 뒤에는 개인의 희생과 살아가는 모든 자들의 관계성에 상처를 생산하게 됩니다. 아침을 맞이하는 우리는 힘들고 희망은 크지 않습니다. 우리를 미치게 하는 것은 우리 자신의 소멸이며 홀로 걸어가야 하는 독주와 같은 생의 길입니다. 아무도 우리 자신과 타인을 마음속에 담지 못하고 타인의 굴레 속에서 서로를 경쟁자로 물끄러미 응시하고 있는 것입니다.

도시가 만든 역사의 아침은 단 한 순간의 여유를 허락하지 않습니다. 각박한 세상은 어느 교단의 설교보다 깨우침이 깊고 되울려지는 만종과 같습니다. 선각자가 필요하지 않을 만큼 우리는 약아지고 똑똑해져 있습니다.

그럼에도 우리가 살아가는 방법이 우리 자신의 행복에 절대적인 영향을 주지 않는다는 점에서 현대 인간의 삶은 불행의 전조를 매일 그림으로 그려서 안겨 주고 있습니다. 그대로 실현되는 소망은 없고 기획하는 모든 일에 추락의 위험이 도사리고 있습니다. '너는 누구이고 나는 누구인가'라는 존재적 명제에 대한 대답을 할라치면 우리는 그저 힘겹게 하루를 살아내는 도시속의 미아 같은 한숨을 쏟아낼 뿐이다. 이토록 생은 무겁고 어려운 과제물로 우리들의 하루를 만들도록 종용하고 있습니다. 그 안에서 우리가 얼 만큼 행복 한가 스스로 돌아보면 문명의 편리성은 단순히 편리할 뿐이고 삶의 전반에 영향을 주는 것은 역시 우리가 살아가야하는 존재의 치열한 구도입니다. 그렇습니다. 우리가 지향하는 역사는 그것이 개인이던 국가이던 부조화의 연속이고 파행의 굴레 속에서 벌이는 야인의 이탈입니다. 이렇게 우울한 진단의 과정 속을 거닐며 그래도 우리는 이른 아침부터 희망의 노 젓기를 하지 않으면 안 됩니다.

역사의 패배는 모두가 공유하는 삶의 무대를 곡을 울리게 합니다. 그러므로 우리는 개인의 이상에 충실하면서도 공동의 이상과 합리적인 실현을 위해 희생과 헌신을 통한 손 마주잡기 놀이를 즐겨하지 않으면 안 됩니다. 마주 잡은 손을 놓는 사회는 소통의 해갈을 부릅니다. 문명속의 방황을 부추기는 절대 비관의 잔치에서 스스로 몸과 손을 털고 심기일전의 시대를 맞이해야 합니다. 개인의 성취도가 낮은 원인을 놓고 벌이는 논쟁은 이제 가만 하기로 하지요. 우리 모두는 잘할 수 있습니다. 우리가 걸어가는 생의 길목이 위기의 장애물로 넘쳐나고 있다고 해도 우리는 시간이 멈추는 날까지 우리 각자에게 부과된 생의 설전을 멈추면 안 됩니다. 부족하다고 느끼는 것은 오직 나만의 치부가 아닙니다.

그것은 모든 살아가는 자들의 함성입니다. 우리는 더 많이 행복하지 않을 뿐 지금도 그렇고 미래의 어느 시 간도 절망적인 것은 아니며 행복하다고 자위 할 수 있는 희망의 시대임은 분명합니다. 조금 부족한 것은 채우면 되고 행복이 가슴에 와 닿지 않다면 조금 작은 행복의 시대를 열어 가면 됩니다. 만족과 불만족의 가치 기준은 우리가 마음먹기에 따라 달라지는 가변적인 것입니다. 경쟁의 바다에서 우리는 쓸쓸한 사공입니다. 그러나 어쩌겠습니까. 이것이 문명이 우리에게 가져다준 영원한 숙제임을……

처진 어깨위에 내리고 있는 빗줄기는 쓸어내리고 다시 한 번 길을 내딛는 것입니다. 우리 모두는 잘할 수 있습니다. 가진 것이 부족하고 그로 인해 생의 진로가 다소 불편할지라도 우리는 잘 압니다. 좀 더 노력하고 주어진 시간에 희생을 바치면 그 시간들이 나의 삶의 영예를 드높여주고 힘겨운 터널을 무사히 건너갈 수 있도록 손을 잡아 준다는 사실을. 그래서 우리는 아직 희망적입니다. 좀 더 배우지 못한 것은 살아가면서 배우면 되고 아직 가지지 못한 것은 살아가면서 가지면 됩니다.

삶은 힘겹습니다. 이 단순한 결론은 우리가 멈추지 않고 행복하기 위해 바쳐야 하는 수고가 적지 않다는 사실을 극명하게 보여줍니다. 우리는 모두 잘할 수 있습니다. 지금 각자의 처지가 힘겨울지라도 우리가 살아버린 어제보다 잘살 수 있습니다. 어제를 보내고 오늘을 살 수 있고 오늘을 보내고 다시 미래를 살 수 있는 이 시간의 여정이 문을 두드리며 들어오는 노란 햇살처럼 매일 들창을 열고 우리 자신을 맞이하는 한 우리는 살아야 합니다.

이제 이 도시에 패인은 그만 만들기로 합시다. 할 수 없다고 하는 부정적인 생각들이 부유하지 않도록 두 손을 모아 봅시다. 희망의 축제를 여는 촛불을 들고 광장에 나아가 도도한 함성으로 패배의 신념들이 더 이상의 궐기할 수 없도록 용기와 희망의 치마를 둘러 봅시다. 우리 모두는 잘할 수 있습니다. 지금까지 잘해 왔고 잘살아왔음으로 그 시간 속에 바쳐진 수고들이 우리가 더 행복하고 더 즐거운 삶이 되도록 굳건한 거름이 되어줄 것입니다. 신념은 매우 중요한 희망의 진입입니다. 오늘의 도전이 패장의 안장을 달게 했을지라도 미래가 있는 한 우리 모두는 승리의 야전 사령관입니다. 분명 좌절의 시간은 깁니다. 그것은 밟아도 되살아나는 잡초의 기운처럼 우리 각자의 삶 속에서 들풀처럼 일어납니다. 이것이 준엄한 생의 일기입니다. 그러나 영원한 승자가 없는 것처럼 영원한 패장도 없습니다. 우리는 쓰러지고 다시 또 일어나고 다시 쓰러지는 운명의 무대 위에 연기자입니다. 우리 모두는 잘할 수 있습니다. 지치지 않고 살아가는 생명체는 지구상에 존재하지 않습니다. 아프지 않고 살아가는 이도 없습니다.

우리가 기댈 수 있는 것은 결코 적지 않습니다. 위로를 받을 일 또한 적지 않습니다. 지금까지 바쳐진 수고에 조금만 더 보태면 우리는 우리를 가두고 있는 절망의 신념이 벌이는 게임의 위기로부터 벗어나 잘살 수 있는 것입니다. 지금 우리가 불행한 것은 검은 먹구름처럼 번져 있는 좌절의 별입니다. 할 수 없다는 무언의 포기선언입니다. 우리를 힘들게 하는 대다수의 원인은 바로 우리의 생각 속에서부터 싹트며 그러한 그물은 모두가 하나씩 소유하고 있습니다. 운명은 오직 나만의 동지입니다. 아무도 나를 대신해서 살아주지 않는다는 명확한 선언이 없이는 우리의 삶은 영원히 우수속의 그늘입니다. 우리는 모두 잘할 수 있습니다. 희망의 날 새기를 멈추지 않고 도전과 응전의 바다 위에서 춤을 추는 한 우리 모두는 잘할 수 있습니다.

인생의 무대는
연기로서 달아오르지 않는다.
그보다 앞선 수용. 맞서는 힘만이
무대의 주인공으로 발탁이 된다.
살아가는 것이 연기라면

우리는 누구나 잘 할 수 있어야 하고
계속해서 잘해야 하지만
실수의 영로 안에서
넘어짐을 반복하고 있다.
인생 살기가 무대의 연기보다
더 많은 연습이 필요한 이유가 된다.

● 생각 스물하나.

성공에 도달하지 못하는 것이……

성공에 도달하지 못한 것이 부끄러운 것이 아니라 실패를 어떻게 교훈삼고 살아왔는가가 부끄러움의 기준이 됩니다. 자본의 논리로 지배받는 세상에서 많이 갖고 적게 갖는 것이 성공의 잣대가 되는 것은 어찌 보면 세상의 인심입니다. 그깟 물질이 뭐길래 과정은 하나도 중요한 가치로 인정되지 않고 갖고 없는 것의 차이를 성공의 기준으로 삼는 것인지, 그 사나운 인심을 탓해보지만 물질 만능주의가 되었으니 생각도 세태를 따라갈 수밖에 없습니다. 세상이 이러하니 물질을 많이 갖는 데 성공한 사람은 사회로부터 칭송을 받거나 고개를 바짝 들고 살아갑니다. 반면 열심히 살았지만 가진 것이 쥐꼬리만 하면 고개를 들지 못하고 부끄럽게 생각하고 살아가는 사람들이 적지 않습니다. 그런데 사실 이것은 국제 재판소에 올려놓고 심리를 받아야 하는 못난 생각입니다. 가진 것이 없는 것이 무슨 도둑질하다 그리된 것도 아니고 왜들 그렇게 거시기하게 고개 숙이고 사는 것인지 모르겠습니다. 아무래도 이상한 도술이 세상 사람들의 마음을 홀려 놓

88

지 않았나 싶은 생각이 듭니다. 세상 운을 다스리는 하나님이 얼굴에 오줌 한 번 갈기면 운수가 대통하여 저절로 잘되는 사람도 무지기수이고 보면 너무 결과에 따라 고개 숙이고 바짝 드는 일은 할 필요가 없다는 생각입니다.

성공은 누구나 가질 수 있도록 설계되어 있지를 않습니다. 안 되는 사람은 성공한 사람보다 더 많이 심혈을 기울여도 안 됩니다. 야속하지만 이것이 성공의 법칙입니다. 기회는 공평하게 오지만 성공을 열망하는 모두가 성공할 수 없는 것이 사회 시스템입니다. 그런데 왜 실패한 사람들은 박수의 잔치에 초대되지를 않는 것인가! 그것은 승자만을 위한 잔치로 변해 버린 사회의 기형적인 현상이기도 하지만 실패를 스스로 부끄럽게 생각하기 때문입니다.

실패는 절대 부끄러운 흔적이 아닙니다. 그것은 그 개인 인생의 커다란 상처이면서 또 다른 도약을 향한 장엄한 기록입니다. 시간의 끝이, 끝이 아니라 꿈의 좌절과 마침이 끝입니다. 더 이상 꿈을 꾸지 않을 때 인생은 종결됩니다. 꿈을 상실한 사람의 인생은 남겨진 시간이 아무런 가치를 지니지 않습니다. 살아 있는 동안에 꿈을 꾸는 사람에게는 언제나 시작이 있기 때문입니다. 성공한 사람들은 모두가 실패를 교훈으로 삼아 나간 사람들입니다. 여기서 주목해야 할 것은 자신의 실패를 교훈삼은 사람은 어느 정도 성공의 반열에 들어선다는 사실입니다. 성공은 확률 게임입니다. 승률을 높이는 것은 어디까지나 실패라는 교훈입니다. 만약 지금 그대와 내가 실패를 한 이유가 그전 시간이나 또는 현재의 어느 시간에 벌어진 실패를 교훈삼지 않았다면. 우리는 실패한 사실과 성공을 하지 못한 이유에 대해 매우 부끄럽게 느껴야 하며 이러한 결론 또한 우리 자신이 간직해야 할 명백한 교훈으로 삼아야 합니다. 실패라는 지식을 배우지 않고 도달한 성공은 없습니다. 그런데도 성공을 하지 못한 사실만 가지고 부끄러움을 느끼고 있다면 그대는 두 번 실패를 하고 있는 사실이 되며 새롭게 도전하기 위해 벌이는 어떠한 계획조차 영광의 터널을 통과하는 수단이 되지 않습니다. 그대가 지난 시간의 실패를 교훈삼아 달려 왔으나 그 성공이 사회 기준에 미달되었을지라도 부끄러워하는 것은 다른 의미의 부정적인 결과를 가져다줍니다. 최선은 성공의 어머니입니다. 최선의 노력은 성공 이전에 그 이상의 가치를 지니고 있습니다.

주어진 조건과 시간 속에서 최선을 다해 달려 왔다면 현재 가진 것이 많고 작고에 관계없이 그 자체가 영화로운 자취인 것입니다. 저의 경우는 실패를 교훈삼지 못했습니다. 실패의 교훈을 삼아 연구하고 탐색하여 대안을 마련하기보다 모든 것을 자신감으로 채워 나가려고 했습니다. 그런 점에서 저의 도전은 한편 무모했습니다. 실패가 따랐음은 너무나도 당연한 귀결입니다. 제가 벌인 무수한 시도는 반은 성공이었고 반은 실패로 종결되었습니다.

지금에 와서 후회하는 것은 실패를 교훈으로 삼지 않은 일입니다. 그런 점에서 실패는 뼈아프고, 실패는 가슴 아픕니다.

저는 세상 누구보다 많은 도전을 해왔습니다. 일중독에 걸려서 정신적인 고통의 시간을 보낸 적이 한두 해가 아닙니다. 성실성과 노력을 논한다면 그 누구와 비교해도 부끄럽지 않습니다. 그만큼 주어진 일에 최선을 다해 왔습니다. 그런데도 아직 내가 성공의 자리에 도달하지 못하고 과정에 놓여 있는 것은 단 한 가지, 실패를 교훈삼지 않은 일입니다. 하지만 성공을 했느냐, 하지 못했느냐에 대한 문제에 직면해서는 저는 부끄럽게 생각하고 있지 않습니다. 저의 달리기는 다시 시작되고 있습니다. 삶이 정신적으로 또는 명예를 벗하여 영화롭기를 희망하면서 저는 오늘도 새벽길을 달리고 있습니다.

저는 이제 깨닫게 되었습니다. 모든 실패 속에는 성공을 실어 날라주는 교훈이 담겨져 있다는 사실을 말입니다. 패배를 인정하는 패장은 자만에 빠진 승리자보다 더 경쟁력을 가지니게 됩니다. 모든 살아가기의 여행은 지난 시간의 흔적을 뒤집어 놓고 살피는 것입니다. 이것이 한 발 먼저 진보하기 위해 펼치는 생산적인 뒤돌아보기의 탐구여행입니다.

실패를 교훈으로 삼아 나가는 데는 방법이 필요합니다.

우선적으로 실패가 어디서부터 왔는가를 연구하는 것입니다. 그 다음 자신의 문제인지 환경의 문제인지를 분류합니다. 개인의 문제는 잘못된 습관이거나 한순간에 요행을 바라는 심리적 이상 상태에 문제가 있습니다. 또는 사회성의 결여와 재정 관리의 부실을 들 수 있고 미래 예측과 통계수치의 판단미숙을 포함합니다. 다른 하나는 노력은 적게 들이면서 결과가 크기 바라는 성과의 확장입니다. 창의력의 부족은 기업의 미래 성장 가치를 떨어뜨리고 지속적인 성장의 활로를 열어가지 못합니다.

이런 모든 원인을 드러내놓고 차트를 만들어 매일 거울을 보듯이 들여다보아야 합니다. 문제점의 통찰은 문제의 발생근원을 차단하고 보안하는 대책을 사전에 준비하게 하여 불안한 환경 속을 걷게 하지 않습니다. 실패는 반복해서 하지 않을 때 가치가 있습니다.

실패는 분명 분석이 필요합니다. 성공이라는 것은 실패의 확률을 서서히 없애나가는 작업에 의해 도달하기 때문입니다. 환경의 문제는 국제 경제 환경의 변수를 말합니다. IMF 때는 대다수의 기업이 도산한 것이 사실입니다. 그러나 그중에서 살아남은 기업이 적지 않다는 것은 이 또한 준비경영과 예측 경영을 통해 충분히 극복할 수 있었다는 점을 알려줍니다. 그렇다면 우리가 성공하느냐, 실패하느냐는 모두 자신의 문제로 귀결이 됩니다. 경영의 운전 미숙 책임은 모두 그 자신의 몫이 된다는 말입니다.

인생은 생각의 잔치이다.
마음먹기에 따라 달라지는
놀음이다.
그대가 무엇이 되려고 하든
생각이 그대의 인생을 이끄는
마차가 된다.
노력하지 하지 않고 운에 기대지 마라.

오직 피나는 노력과
옳은 생각으로 삶 전반을 재편하라.
운에 기대는 인생은 실망이 크고
노력에 기대는 인생은 보람이 크다.
행여 바른 생각 없이
지금보다 인생이 나아지기를
염원하지 말라.

생각 스물둘·

매우 긴 낙서

죽지 않기 위해 살아갑니다. 인간은 누구나 이와 같은 낯설지 않은 과제를 안고 살아갑니다. 하나의 희망을 양육하면서 죽음은 견딜 만한 형벌이 됩니다. 진행해온 일들이 성공의 관문에 도달하는 시점이 되어가는 순간 시련은 비로소 줄어들게 됩니다. 희망을 키우기 위한 열정은 모두 자신에게 부과된 형벌을 낮게 하려는 몸부림의 결과입니다 행복하기 위해 사는 것이라기보다 형벌을 줄이기 위해 노력하는 것이 삶의 바른 평결입니다.

이와 같이 인생은 지루한 여행입니다. 고통의 해갈을 맛본 다음 우리는 행복의 관점에 이르게 됩니다. 옥중에 갇힌 죄수가 자유를 찾을 때 행복을 느끼는 것과 다르지 않습니다. 오늘 행복할 수 있는 일이 무엇인가 찾아 나서는 대중의 하이에나 습성이 각자 행복의 원형이 됩니다. 썩은 고기를 많이 찾아낸 하이에나는 더 많이 행복합니다. 오늘날의 인간이 행복한 것은 더 많은 것을 가진 자가 되었습니다. 그러므로 우리 인간은 문명 속의 하이에나입니다. 그러한 사냥을 하지 않고는 우리는 단 하루도 인간다운 삶을

94

살 수 없습니다. 인간이 이루어 놓은 결과는 모두 자연의 또 다른 모습일 뿐입니다. 생존의 문제는 이렇게 치열하고 자연적입니다.

먹지 않고 사는 인간은 없습니다. 자연의 생태계가 그렇게 돌아가고 있습니다. 그 안에서 살아 있다는 사실만 가지고 우리는 행복을 선언할 수 없다는 말입니다 바꾸어 말하면 삶은 지옥이 내린 훈장입니다. 무언가를 잠시 얻는 것으로 우리의 지옥은 천당이 됩니다. 경쟁은 여기서부터 시작이 됩니다. 세상이 먹을 것으로 넘쳐 나는 것 같지만 지구인이 함께 먹고 마시기에는 턱없이 부족합니다. 한쪽은 음식이 남아도는 문명사회 속에 있고 다른 한쪽은 굶어 죽는 미개한 사회 속에 있습니다. 굶어 죽는 환경 속에 놓인 민족은 결국 경쟁에서 참패한 것입니다. 그 패배의 자리에서 굶어 죽지 않기 위해 경쟁의 바다로 들어섭니다. 모두가 승리할 수 없는 구조적인 모순은 모두가 함께 풍요를 누릴 수 없는 문제에 직면합니다. 같은 종인데도 굶어 죽는 사람이 동시에 존재한다는 사실은 지구 역사의 오류입니다. 더불어 살아가는 인류애가 필요하다고는 하지만 우리는 아직도 같은 종이 굶어 죽어가는 문제에 대해 아주 낯선 타자입니다. 이성적인 인간이라고 자위하며 문명의 가치를 높이고 지식 안에서 인간의 우월성을 자랑하지만 결국 인간은 짐승입니다. 같은 종이 다른 종을 죽이는 혈투는 아직도 진행 중입니다. 다만 그 방법적인 측면에서 직접적인 타살을 피하고 있을 뿐입니다. 동물이 다른 종을 죽이는 것이나 인간이 다른 종을 경쟁에서 이겨 굶어 죽게 하는 것이나 다른 것은 없습니다. 더 많은 것을 가지기 위해 부를 축적하는 것은 모두 생존 전략입니다. 그러므로 인간의 문명은 위대하지 않습니다. 그것은 언제나 독식의 전형입니다. 우리는 서로 죽이는 것을 경쟁이라고 미화시키며 살아가고 있습니다. 이때 행복의 관점은 다른 답을 찾아 나설 수밖에 없습니다. 모든 문명은 아직도 원시적입니다. 우리의 행복은 고통의 형벌로부터 잠시 벗어나는 것뿐입니다. 자신보다 약한 종을 대상으로 생육 약탈을 일삼는 동물이나 더 많이 갖기 위해 경쟁하여 남을 굶어 죽게 하는 것이나 결코 다르지 않습니다. 전자나 후자나 야만적인 것은 같습니다. 생존의 치열한 자기구애로 인간의 삶은 시작이 됩니다. 우리는 나누면서 살아가는 것 같지만 결코 그렇지 않습니다. 그런 점에서 우리 모두는 하이에나 입니다 하루를 굶는 순간부터 인간의 삶은 고통의 감옥으로 갇히게 됩니다. 그러나 하루를 살아내기 위해 기우리는 온갖 노력들이 얼마나 가증스러우며 타인의 희생을 강요하고 있는지 알 수 있습니다. 당당한 승리는 결코 당당하지 않습니다. 누군가의 희생을 발판 삼아 서 있다는 사실 때문입니다.

그래서 나눔은 절대적인 개인의 숙제로 남게 됩니다. 동물이 먹다 남은 음식을 땅에 묻는 것과 인간이 더 많은 재물을 감추고 사는 것은 동일합니다. 삶은 이렇게 치열한 여행입니다. 이 안에서 각자는 고독하지 않 을 수 없습니다. 역동적인 경쟁의 물결로 들어서는 산자들의 행렬은 음식을 찾아 나서는 사냥에 다름 아닙니다. 많은 진실이 문명과 역사라는 말로 포장이 되어 있을 뿐 우리는 매일매일 원시적이고 야만적인 삶을 살아가고 있습니다. 이

깊숙하고 냉엄한 비판은 인간의 가치성과 위선의 역사에 치를 떨게 합니다. 그리고 우리가 얼마나 가련하고 불쌍한 존재인지를 되새겨 보게 하는 것입니다.

인간의 과학이 아무리 발달할지라도 인류를 모두 살리는 데 사용되지는 않을 것입니다. 결국 그 혜택을 누리는 것은 소수입니다. 한쪽은 암을 이기는 의학을 사용하고 있지만 다른 한쪽은 말라리아로 고생하고 있습니다. 한쪽은 수십조 원의 음식을 버리고 있지만 한쪽은 버린 음식을 찾아서 살거나 굶어 가고 있습니다. 인류의 생존방식은 이렇게 야만적입니다.

약육 강식이
생존의 법칙인 것은 사실이다.
그러나 진실은 아니다.
삶의 진실은
지속적이고 차등 없는
평형의 관계를 유지하는 것이다.
약한 자는 강한 자의
먹이 사슬이 아니라
서로 이끌어 주는 수레와 같다.
상대의 부족한 것을
서로 채워주는 배려 앞에
망설이지 마라.
사실에 서 있기보다
진실에 가 서 있을 때
비로소 그대와 나는
인간다운 삶이 된다.

장점이 있는 사람이......

　　　　장점이 많은 사람보다 단점을 극복하려고 노력하는 사람이 더 많은 성공을 이룹니다. 우리가 생각하는 성공의 가치 기준에 변화가 필요합니다.

　대다수 성공한 사람들은 우리 같이 평범한 사람들에게는 선망의 대상이 됩니다. 그들의 행적 하나하나는 삶의 좋은 교훈으로 남아돌게 됩니다. 도대체 무슨 강점을 그토록 많이 가졌기에 하는 일마다 성공을 하는 것일까 궁금하기도 하고 닮고 싶은 욕망을 가지게 됩니다. 그러한 부류의 사람들이 남다른 기질이나 긍정적인 마인드를 가지고 있는 것은 부인할 수 없는 사실입니다. 그런데 그들에게는 특별한 모습 이외에 평범한 모든 사람들이 가지고 있는 단점을 훌륭한 장점으로 승화시켰고 그 변화의 노력이 성공에 이르게 했다는 사실을 알게 합니다. 이러한 사실은 단점이 많은 사람도 갈고 닦으면 성공할 수 있으며 아무리 장점이 많은 사람도 반드시 성공하는 것은 아니라는 결론에 도달하게 됩니다.

　천성적으로 특별한 재능을 가진 사람은 일단 자신감이 지나치고 자신이 고쳐야 할 것은 고치려고 하지 않으며 무시하고 대수롭지 않게 지나치는 경향이 있습니다.

누군가 곁에서 자신의 부족한 구석을 고쳐보려고 충고를 할라치면 노발대발 하고 자신이 얼마나 능력이 많은 사람인데 하고 남의 의견을 무시합니다. 그러다 보니 좋은 능력은 작은 단점에 가려 빛을 보지 못하게 만들어 버리는 실수를 범하게 되는 것입니다. 그런 일이 반복될수록 주변의 칭송은 언제 떠났는지 모르게 사라지고 가까이 교제하며 머물던 사람들은 하나둘 떠나가게 됩니다. 여기서 우리가 알아야 할 것은 아무리 빛나는 능력을 가진 사람도 자신의 좋은 점을 스스로 갈고 닦지 않거나 단점을 고치려고 하지 않으면 절대 인생의 가치를 드높이는 데 사용되지 않는다는 사실입니다.

사람이 성공하는 데 기여하는 것은 뛰어난 장점보다 부족한 것을 돌아보고 개선하려는 노력의 자세입니다.

능력이 많은 사람들이 단점을 고치려고 하지 않는 것은 장점이 많으면 단점을 덮고 성공적으로 살아갈 수 있을 것이라는 왜곡된 판단 때문입니다.

그러나 이는 잘못된 판단의 착시입니다. 갈고 닦지 않는 장점은 단점과 똑같습니다. 태어나면서부터 훌륭한 사고를 가진 사람은 거의 없습니다.

부족한 점을 스스로 판단하고 그것을 고쳐서 가장 빛나는 장점으로 승화시키는 가운데 많은 사람들이 부러워하는 성공의 단계는 격상이 되는 것입니다.

　사람은 학습을 통해 여러 상태의 모습으로 변화를 하게 되며 스스로 깨우치는 일을 게을리 하지 않고 타인의 의견을 정중히 받아드리는 사람은 세상의 그 어떤 장점보다 가치 있고 뛰어난 장점을 갖게 된다.

　부족한 것을 채우려고 노력하는 것에서 부터 자신의 내면에 힘이 생기게 되는 것입니다.

　위기 속에서 돌파구를 찾아내는 방법은 그것을 구하거나 탈피하고자하는 열의를 동반할 때 가능한 일인데 바로 이것이 단점을 이기려는 열망이며, 단점이 장점이 되어가는 과정입니다. 세상의 많은 위인들은 장점이 많아서 성공한 사람들이 아니라 자신의 단점을 장점으로 승화시킨 결과입니다. 따라서 우리 자신이 가지고 단점에 대해 스스로 비교하거나 상대적인 박탈감에 빠져 지낼 필요가 없습니다. 많은 사람들이 단점을 고치지 않고 평생 동안 가지고 살아갑니다. 사람들이 단점을 제때 고치지 못하는 것은 스스로 고치는 데 게으르거나 발견하는 지혜가 부족하며 타인이 지적하는 단점을 받아 드리지 않기 때문입니다. 대부분의 단점은 스스로 발견하기보다는 다른 사람들이 발견해줍니다.

　우리는 타인에 의해 단점이 드러난 사실을 매우 수치스럽게 생각하고 방어벽을 쌓게 됩니다. 그 순간 단점은 더 강해지고 장점은 상대적으로 가치가 떨어지게 됩니다. 단점을 장점으로 만드는 데는 다음과 같은 신념이 필요합니다.

　첫째, 단점은 장점이 된다는 확신을 가져야 합니다.

둘째, 세상에 단점이 없는 사람은 존재하지 않는다는 결론을 간직해야 합니다.

셋째, 타인이 단점을 지적할 때 들을 수 있는 귀를 열어 놓아야 합니다.

넷째, 가감 없이 단점을 버리는 용기를 가져야 합니다.

다섯째, 스스로의 장점에 관대하고 단점에 대해서는 냉혹해야 합니다.

여섯째, 나의 단점이 장점을 추락시키는 복병이라는 사실에 주목해야 합니다.

일곱 번째, 자신의 장점을 더욱 갈고 닦는 기회를 많이 갖도록 노력해야 합니다.

여덟 번째, 단점은 자신의 가치를 추락시키는 최대 요인이라는 사실을 되새겨야 합니다.

아홉 번째, 타인이 자신의 단점을 어떻게 극복했는지 연구하고 모범으로 삼아야 합니다.

열 번째, 지금 바로 단점을 장점으로 만들려는 계획을 세우고 실천해야 합니다.

단점은 자신의 장점을 갉아 먹는 세균이라 표현해도 무방합니다. 사람들이 실수를 많이 하고 실패를 많이 하는 것은 다른 사람에 비해 능력이 모자라기보다는 자신의 단점에 대해 관대하기 때문입니다. 부정적인 생각이 거미줄을 치고 나면 장점은 곧바로 단점의 먹이사슬로 전락하게 됩니다. 하지만 단점도 갈고 닦으면 장점이 될 수 있다는 점에서 모든 단점은 소중합니다. 저 자신도 자신의 단점에 대해 관대하며 살아왔습니다. 그러나 결국은 자신에게 해가 되고 긍정적인 결과를 가져오지 않는다는 사실을 뒤늦게 깨닫게 되었습니다. 그리고 그러한 상태에서 소중한 인생의 시간들이 자신의 진정한 발전을 이루지 못하고 얼마나 무의미하게 흘러가 버렸는지 알게 되었습니다.

이제 저는 스스로의 단점을 부끄럽게 생각하며 그것을 장점으로 만들기 위해 많은 노력을 하고 있습니다. 그런 노력 때문인지 저의 인생은 많은 변화를 겪고 있습니다.

물론 아직도 스스로 파악하지 못하는 단점을 많이 가지고 있다고 생각합니다. 하지만 중요한 것은 단점을 고쳐야겠다고 느끼는 것이고 실천에 옮기려는 노력을 하고 있다는 사실이고 이에 희망을 품게 됩니다. 이제 나는 누군가 나의 단점을 지적하면 우선은 감사하게 생각합니다. 그리고 그러한 타인의 행위가 나를 발전시키는 따스한 배려이고 좀 더 드높은 단계의 삶의 지형을 만들어가는 지름길이라는 사실에 주목합니다.

단점을 지적받을 때 가장 중요한 것은 상대에게 웃어주거나 흔쾌히 인정하는 것입니다. 그 순간 놀라운 변화가 일어나게 됩니다. 그러한 행위는 곧바로 단점을 지적하는 상대를 감동시키고 신뢰 하도록 만들어 줍니다. 만약 웃기는 소리 하지마라고 하던 가나나 잘하세요. 라고 응대를 하면 두 번 다시 단점을 지적하지 않을뿐더러 자신이 가지고 있는 장점까지 신뢰를 하지 않거나 업신여기게 됩니다. 그야말로 전국적으로 손해 보는 일이 되는 것입니다. 나의 무족한 점을 지적해주는 것은 상대가 내게 베푸는 최상의 서비스이며 지식전달입니다. 자신의 부족한 점을 알게 해주는 것이야말로 진정한 나를 발견할 수 있는 방법입니다. 품위 있게 받아드리고 감사의 인사를 건네야 하는 것은 너무나도 당연한 일입니다.

그러나 예의바르게 대하는 사람은 그리 많지 않습니다.

성을 내고 거품을 물고 감정을 조절하지 못하다가 스스로 제풀에 지쳐 나자빠지는 사람들이 많습니다.

한때는 저도 누군가 저의 단점을 지적하면 거품을 물고 뒤로 나자빠진 적이 있습니다. 그렇게 하고 보니 단점을 지적해준 사람이 "에이, 이놈아. 네가 그렇게 잘났으면 너나 잘 먹고 자손대대 잘 살아라!" 하며 무슨 미친놈 만난 듯이 뒤돌아서 떠나갔습니다. 그 뒤로 두 번 다시는 보지 않으려고 했습니다. 물론 이 경우는 센스 있게 단점을 지적해주지 않고 작정하고 비난하듯이 했기 때문이기도 하지만 어찌되었건 단점을 지적해주는 행위는 나를 향한 무상의 서비스입니다. 이런 서비스를 밥 먹듯이 받는 삶을 살면 안되지만 지적해주는 사람이 있으면 즐겨 받고 고치면 됩니다.

그대가 옳은 일이라 판단이 섰다면
무엇이든 지금 당장 시작하라
같은 기회는 두 번 오지 않는다.
나의 변화에 초점을 맞추고
거듭나는 시간이 있음에 감사하며
새로운 도약의 문을 두드려라

상대와 내가 생각이 다르다는 것을......

상대와 내가 생각이 다르다는 것을 느끼는 순간이 상대의 생각이 같을 거라는 믿음을 갖고 살아가는 것보다 더욱 행복해질 수 있는 길을 찾아내기가 쉽습니다. 지구상에는 같은 종은 많아도 같은 생각을 가진 사람은 한사람도 없습니다. 같은 목표와 이념적인 신념아래서 우리는 하나로 불리어지고 하나로 살아가는 듯하지만 그 또한 포장된 진실일 뿐입니다.

아무도 나와 같은 생각을 가지고 살아갈 수 없습니다. 이러한 다름의 원칙은 생존의 명확한 답입니다. 그럼에도 불구하고 우리는 같은 생각을 가진 사람들과 어울려야 하며 아주 오래도록 자신과 생각이 같도록 부추기고 설득하며 살아가고 있습니다. 소통이 엇갈리고 빗나가는 것은 바로 이러한 신념 때문입니다. 허상의 본질을 알면서도 같기를 희망하는 순간 인간은 지독한 외로움이라는 복병과 마주치게 됩니다. 각자의 가슴속에 만연된 지식 체계와 습관의 차이점은 우리가 공동체의 삶을 영위할 수 있는 합리적인 환경을 만들어 가는 데 장애요인으로 작용합니다. 우리는 혼자 살아가는 것보다 함께 살아가면서 더 많은 갈등과 고독을 느낄 때 가 있습니다. 기대는 것의 미학은 위로만을 주지 않습니다. 함정은 여기서부터 출발합니다. 더불어 살아가는 일이 힘겨운 것은 상대와 내가 다르다는 사실을 인정하는 일에 능숙하지 않기 때문입니다. 만약 우리와 마주하고 있는 사람들에 대해 다르다는 것을 인정하는 일을 부지런히 할 수 있다면 적어도 함께 하면서 느끼는 좌절감과 갈등은 상당히 줄어들 수 있을 것입니다. 우리는 행복하기 위해 상대를 선택합니다. 그리고 그 상대가 자신과 같은 생각을 유지하기만 해준다면 그로인해 많이 행복할 것이라는 기대를 갖게 됩니다 물론 시간이 지나면 이와 같은 기대는 환상으로 돌변을 하게 됩니다. 우리가 사람들과 더불어 하나의 가정을 이루고 집단을 만들어 살아가는 것은 적어도 그 상대 와 가치를 공유하거나 같은 생각 아래서 더 큰 행복을 찾아 낼 수 있다는 기대를 가지고 있기 때문입니다. 어느 순간은 혼자 살아가는 것보다 둘이 함께 하는 것이 세상을 살아가는 데 보탬도 되고 힘이 되는 것은 사실입니다. 그럼에도 왜 우리는 함께 하는 것에서 싹트는 고독과 외로움과 갈등을 이겨 내지 못 하는 가! 그것은 끊임없이 상대와 내가 생각이 같기를 희망하기 때문입니다. 그러다 보니 자신이 행복할 수 있는 일도 상대가 행복할 수 있는 일도 찾아내지 못하는 누를 범하게 됩니다. 우리는 각자가 다르다는 생각을 하지 않는 한 서로에게 행복을 주는 일에 서툴 수밖에 없습니다. 함께 하며 살아가는 모든 사람들은 상대를 이해하거나 받아드리는 데 인색합니다.

같은 종으로 살아가는 우리에게
다른 생각을 가진 사람들이
세상에 넘쳐나는 일은
또 다른 축복이다
만약 생각까지 같다면
우리는 기계 인간일 뿐이다.
인간은 비교되면서 성장하는 존재이다
내 앞의 타인이 소중하고
나와 다른 생각을 가진 사람이
각별한 이유를 품는 이유이다.
다른 것을 받아드리는 마음으로부터
진정한 사회성의 교류가 시작된다.

● 생각 스물다섯.

이해심이 포용력이 있는 사회를 만듭니다

미운 사람은 아무리 좋은 일을 하고 예쁜 친절을 보여주려고 안간힘을 써 봐야 좋은 점수를 주기 쉽지 않습니다. 자기가 미운 사람은 처음부터 각자 표를 해놓고 어떤 모습을 보여도 편견을 갖고 대하기 때문이지요.

우리가 좋은 사람이라고 결론을 내리는 사람이 따져 보면 정말 좋은 사람이 아니라 자기에게 맞는 사람일 경우가 허다합니다. 자기가 좋은 사람이면 좋은 사람이지요. 자기만 좋으면 조금 부족하고 밉게 느껴지는 상황에서 쉽게 이해하고 넘어 가게 됩니다.

이건 이해심이라기보다 감정에 충실한 것이지요. 그냥 예쁘게 봐주는 것뿐입니다. 이게 이해심이라는 것인데 사랑하거나 좋아하거나 할 때 생기는 착각 반응입니다.

좋아하는 사람들이 싫어지면 철천지 원수 대하듯 하고 이해하던 일이 밉상으로 다가옵니다. 그럼 왜 좋은 사이가 하루아침에 원수로 변하고 예쁘게 이해하고 넘어간 일이 어렵게 될까요. 그것은 우리가 상대를 이해하는 기준이 개인감정에서 비롯되고 상대에게 뭔가를 기대하고 있다는 증거입니다. 기대하고 사랑한 만큼 상대를 미워하게 되는 것입니다. 이것은 폭넓은 이해심이 아니지요.

우리는 자신에게 맞는 사람과 자기가 좋은 사람을 골라서 만나는 일에 열중합니다. 그러다 보니 정작 좋은 사람은 만나기 힘이 들고 만나면서 상처를 받고는 하지요. 물론 자기가 좋아야 모든 것이 좋은 것이고 만남을 가져도 신나는 일이 많이 생기는 것이니 뭐라고 할 건 아니지요. 근데 세상 모든 음식이 다 자기 입맛에 맞지 않은 것처럼 사람이 그렇습니다.

이해심은 문명사회의 에티켓이다.
서로 부족한 사람이라는 사실에
충실할 필요가 있다.
굳이 조건을 따지고 선을 그을 필요는 없다.
자신을 이해하는 일을 더듬어본다면
타인을 이해해주는 동기가 싹트지 않을 수 없다.
남이 모르는 죄악을 짓고
당당한 우리가 아니던가!
허물을 덮어 주는 아량은
가장 따스한 자선이다.
남을 이해해주는
여유를 갖는 것은
나를 잘못을 이해하는 부정의 힘을
감소시키는 동기가 된다.
서로 이해하지 못함은
그 자신을 이해해서는 안 된다.

● 생각 스물여섯.

상대를 자주 칭찬하는 것도 이해의 기술입니다

상대를 기분 좋게 하는 것만큼 좋은 이해의 기술은 없습니다. 칭찬은 이해심이 없이는 나오지 않습니다. 일부러 골탕을 먹이기 위해 좋은 말을 건네지는 않습니다. 상대로 인해 내가 기분이 좋아지거나 내가 상대에게 기분을 좋게 하고자 하는 마음이 있어야 상대를 칭찬하게 되지요. 좋은 말을 주고받는 사이는 좋은 관계가 됩니다. 칭찬은 상대가 나를 긍정적인 신호를 보내도록 변화를 가져다줍니다. 내가 상대를 칭찬하면 상대는 나에 대해 좋은 이미지를 갖고 긍정적인 말이나 호감어린 표정으로 응시를 하게 되지요. 칭찬은 서로를 기쁘게 하는 작용을 합니다. 상대에게 자신을 이해하고 있다는 믿음을 주는 일은 곧 상대가 나를 이해하는 기준이 됩니다. 남을 칭찬하는 일에 인색한 사람은 그 자신이 주변으로부터 칭찬을 받고 살지 못합니다. 칭찬은 상호이해를 높이는 작용을 합니다. 반드시 칭찬을 받을 만한 일을 했을 때 하는 것은 아닙니다. 만족스럽지는 않아도 근사치에 머물면 당연히 칭찬이 나와야 합니다. 시험 답안지의 점수를 매기듯이 딱 떨어지게 결과가 도달해야 칭찬을 한다면 세상에는 칭찬을 받을 자격이 있는 사람은 흔치 않을 것입니다. 오히려 조금은 부족하고 다 채워지지 않을 때 칭찬이 필요합니다. 칭찬은 상대에게 보내는 긍정과 이해의 메시지입니다.

칭찬을 많이 받는 사람들을 보면 긍정적으로 인생을 살아가는 것을 볼 수 있습니다.

나는 무엇이든 할 수 있다는 자신감으로 넘치는 사람들은 언제나 칭찬을 받거나 받고 있는 사람들입니다. 이와 달리 칭찬을 받지 않는 사람들은 매사에 부정적인 태도를 보입니다.

결국 나는 아무것도 할 수 없다는 비관을 하게 되지요.

사람들이 칭찬에 인색한 것은 결국 상대를 이해하는 일에 미숙하거나 이해를 받고 살지 않기 때문입니다. 음식점에 가서 친절한 서비스를 받고나면 기분이 좋아 집니다. 관계를 갖는 사람에게도 상호 서비스가 필요합니다. 서로를 기분 좋게 하는 일들은 얼마든지 있습니다.

못난 사람이 잘난 사람이 되고 잘난 사람이 더 잘난 사람으로 보입니다. 내 기준을 버리며 상대를 이해할 때 관계성에서 희망이 건져집니다. 누구나 피해 의식이 있고 칭찬받고 싶어 한다는 사실을 염두에 두어야 합니다. 이런 상호 공감은 이해심을 깊게 합니다. 즐거운 물놀이는 깊은 물에서 하는 것이 아니라 얕은 냇가에서 하는 것입니다. 단순하고 가벼운 것에서 우리는 충분히 서로를 기쁘게 할 수 있습니다.

칭찬은
변화의 잔치이다.
부족한 나를 일깨우고
부족한 나를 격려해 주며
부족한 상대를 보다
잘할 수 있도록 동기부여를 주는
훌륭한 자극제이다.
누구나 이런 잔치에 초대를 하고
초대를 받아야 한다.

● 생각 스물일곱.

생각의 밀애

한 번 실패했다고 해서 그만두는 것은 두 번 실패하는 것과 같습니다. 밀어 붙여 보세요. 부딪혀야 교훈이라도 얻습니다. 밭에 심는 것은 말이 아니라 씨앗입니다. 씨앗과 땅이 만나야 열매가 열립니다. 무슨 일을 준비하고 있는지 모르겠으나 실패는 소망하고 얻으려고 노력하는 자만이 얻을 수 있는 소중한 열매입니다. 두 번 실패 또한 우리가 필요로 하는 스승입니다.

앞서 밝혔다시피 저는 실패를 참 많이 한 사람입니다. 그토록 실패도 많이 하고 방황도 적지 않게 했지만 저는 도전하는 일을 중단한 적이 한 번도 없습니다.

한 번은 저희 사무실에 불이 났습니다. 정말 하나도 남김없이 홀라당 타버렸지요. 수년간 노력해서 얻은 결실이 눈앞에서 검은 재로 변해가는 광경을 똑똑히 바라보아야 했습니다.

어려움에 처한 사람을 도와준다는 마음에서 사무실 공간을 내주고 함께 의와 정을 나누며 지낸 사람이 실화를 하여 저의 전 재산과 모든 것을 잃게 했습니다. 화재 당시 달려가 보았더니 시뻘

건 불길이 사무실 창문을 깨부수면서 쏟아져 나오고 있었습니다. 정말 앞이 캄캄해졌지요. 주위를 돌아보니 화재를 지른 장본인이 보이지 않았습니다.

그 분은 나이 드신 작곡가였습니다. 순간 화재를 일으킨 것에 비관하여 무슨 짓이라도 한 것은 아닌가 걱정이 앞섰습니다. 저는 그 즉시 그 분에게 문자를 보냈습니다.

"형님 저는 어차피 맨주먹으로 시작했습니다. 불이 나서 마음도 아프고 절망적이긴 하지만 저는 괜찮습니다. 다시 또 시작하면 됩니다. 저는 형님의 안위가 걱정됩니다. 연락주세요."

저는 그때 이후 그분을 한 번도 원망한 적이 없습니다. 오히려 그분이 수십 년간 작곡한 작품이 소실된 일을 너무나도 가슴 아파하면서 살아가고 있습니다.

저는 예나 지금이나 똑같이 다시 달려가고 있습니다. 수없는 시도를 거치면서 착오도 있고 어김없이 실수도 하고 있습니다. 아무래도 조금은 부족하고 못났기 때문에 잦은 실수를 하는 것이겠지만 그렇다고 멈추어 서면 아무 일도 하지 못합니다. 그럴수록 고개를 바짝 세우고 부딪혀 가는 것이지요.

저는 오늘도 내일도 이와 같은 삶의 자세를 유지하며 인생을 마칠 것입니다. 오늘 하다가 안 되면 내일 또 도전하면 됩니다. 열 번 찍어 안 넘어 가는 나무는 많이 있다지만 강한 벽도 수차례 부딪히면 균열이 가게 되어 있습니다.

'나는 할 수 있다'는 신념을 가진 사람은 앞으로 도래하는 미래

속에서 주인이 될 수 있지만 '나는 할 수 없다'는 체념을 가진 사람은 앞으로의 미래에서 노예밖에는 되지 않습니다. 미래의 주인이 되는 꿈을 꾸어보세요. 멈추지 않고 시간의 강을 건너는 활력 넘치는 사공이 되세요. 미래의 주인이 되기 위해 그대가 오늘 바쳐야 하는 것은 도전입니다.

실패의 유형에는 두 가지의 종류가 있습니다. 하나는 무슨 일이든 부딪쳐보고 실패하는 사람이고 또 하나는 처음부터 아무것도 하지 않고 실패하는 사람입니다.

미리 겁을 먹고 아무런 일도 하지 못하는 사람은 결국에는 아무런 일도 하지 못하는 무능한 사람으로 전락하고 맙니다.

지금껏 살면서
터득한 단 한 가지의 진실이 있다.
나는 이 진실을
절대적으로 믿는다.
나는 앞으로도 계속
이러한 진실을 믿고
남은 생을 살아갈 것이다.
그것은
시도 없이는 결과도 없다는 것이다.

● 생각 스물여덟.

그대는 우물 안의 개구리입니까?

우물 속의 개구리가 불행한 것은 우물 속에 살고 있기 때문이 아니라 좀처럼 우물 바깥으로 나올 수가 없기 때문입니다. 생각의 반복학습으로부터 벗어나야 합니다. 인생에서는 성공을 했는데 생각은 우물 속에 갇힌 사람들이 너무나 많이 있습니다. 뛰어 나오면 밖입니다.

바다 깊은 곳 에 살고 있는 진주를 찾아내어 값지게 사용하는데 하물며 부지런히 갈고 닦는 사람을 찾아 크게 쓰지 않겠습니까? 환한 빛이 나도록 가지고 있는 재능을 갈고 닦으세요.

누군가 나를 찾지 않을 기미가 보이지 않더라도 계속해서 빛을 내다보면 누군가는 자신을 찾아와 귀히 여길 것입니다. 등대를 찾아오는 배를 생각해보세요. 열심이 준비한 그대의 재능은 절대 땅에 묻히지 않습니다. 절망은 희망을 빛나게 하는 가치가 있습니다. 우리가 절망을 사랑 할 수 있는 하나의 요인입니다. 나를 빛나게 하는 것은 내가 아니라 바로 앞의 상대일 수 있습니다.

절망은 희망이 거느리고 사는 식구입니다. 일종의 하인이지요. 희망의 가치가 더욱 빛날 수 있도록 절망을 마구 부려 먹으세요.

그러니 절망적인 상황에서 기죽을 필요 없습니다. 설정해 놓은 목표에 도달하지 못한 것이 실패가 아니라 도달할 수 없다고 생각하는 것이 바로 실패입니다. '안 돼'라고 소리치는 사람이 아니기를 바랍니다. 안 될 때도 된다고 말하는 사람이 정말 됩니다. 이런 배짱 없이 인생을 살아간다고요? 그건 안 될 말이지요.

과정이 중요합니다. 다 익지 않은 밥이라고 밥이 아닌 것은 아닙니다. 덜 익었어도 밥은 밥입니다. 얻은 결과가 작아도 그대의 수고가 최선을 다한 것이었다면 그대는 실패한 것이 아닙니다. 똑같은 조건과 시간 속에서 먹이를 더 많이 줍는 자가 있습니다. 그것이 바로 기술이고 혁명입니다. 어떻게 더 많이 줍는가를 고민하고 방법을 연구하고 새로운 시도를 하는 당신은 진정한 혁명가입니다. 같은 조건 속에서 더 많이 먹이를 찾는 방법은 치열하게 구하는 것뿐입니다.

땀과 노력은
그 자신의 인생을 비옥하게 하는 거름이다.
삶은 남을 위한 행진이 아니다.
오직 나를 위한 것이다.
노력은 또 하나의 멈추지 않는
그 자신의 시계와 같다.
나태와 안일에 분노하라
재능을 갈고 닦는 일에
소홀하면 머지않아 실패보다
더 큰 불운을 만나게 한다.

떨어진 낙엽

한 번 떠난 인연을 돌리려 하지 마세요. 그것은 이미 나무줄기에서 떨어진 낙엽과 같습니다. 결심 없이 길을 나서는 사람은 없습니다. 붙잡는다고 다시 돌아오지 않습니다. 만약 다시 돌아온다고 해도 이미 그 사람은 자신의 사람이 아니며 곁에서 오래도록 둥지를 틀지 않습니다. 사람을 가려 사귀지 않는 것은 돌을 거르지 않고 밥을 지어먹는 것과 같습니다. 좋은 사람을 만나는 것이 인생살이의 첫 번째 덕목입니다 물론 자신부터 상대에게 좋은 사람이 되어 주는 것도 중요한 일이지요. 사람이 모일 때를 기뻐하지 말고 떠나갈 때를 예비해야 합니다. 고였다가 증발해 버리는 논의 물처럼 주변의 사람 또한 언젠가는 떠나가게 되어 있습니다. 농부에게는 저수지가 필요하듯이 우리 내 인생도 나중을 위해 목마르지 않고 외롭지 않은 방어성을 쌓아야 합니다. 사람인심이 사나운 요즘 같으면 더욱 그렇게 해야 합니다. 이별이라는 것은 견디기 힘든 고통이 분명하나 또 다른 만남의 기회가 쥐어진다는 점에서 비극적인 것만은 아닙니다. 이별 앞에서 웃는 사람은 없지요. 그러나 다른 사람이 차표를 끊고 자신의 운명을 방문하기를 기다리는 사람이 세상에는 넘쳐 납니다. 그 사람이 지금보다 더 멋진 사람일 수 있습니다. 무엇을 망설이세요? 어서 차표를 끊고 새로운 인연을 찾아 나서세요.

사랑과 돈은 구름처럼 떠다닌다.
머무는 곳에는 언제나
사랑의 신호가 기다리고 있다.
사랑의 감정이 종결되는 시간은
무덤에 들어가 있는 순간이다.
며칠 살지 못하는 암환자가
사랑하는 사람을 만나
함께 결혼식을 올리는 경우도 있다.
그러니 떠난 인연에
연연할 필요 없다.

● 생각 서른.

스스로 절망하지 않기

　　　　　스스로 절망하지 않는다면 이 세상에 싸워서 이기지 못할 절망은 존재하지 않습니다. 주어진 조건은 그리 절망적이지 않는데 생각부터 절망적인 사람들이 의외로 많습니다.

　이런 사람에게는 힘센 절망이 자주 찾아 와 시비를 붙고 또 나가지 않습니다. 돌아오지 않는 여행을 떠나는 기회는 있지 않습니다. 체급이 다른 절망 또한 없습니다.

　스스로 절망하지 않는 한 모든 절망은 싸워 볼 만한 상대입니다.

　노력하지 않고 얻으려는 것은 낮에 등을 켜고 불이 밝기를 기대하는 것과 같습니다.

　쉽게 도달하는 것은 모두가 요행입니다 복권에 당첨된 모든 사람이 불행하게 생을 마감했습니다. 얻을 만큼 노력하고 얻은 것에 자족하는 자세가 삶을 윤택하게 하는 기본입니다. 농부의 땀은 좋은 비료와 같고 땀 흘려 얻는 것이 한 순간의 영화보다 값진 것입니다. 누구나 꿈을 꾸고 살아갑니다. 그러나 누구나 꿈을 현실로 만들지는 못합니다. 하지만 두려워하지 마세요. 이 말은 노력하는 당신을 두고 하는 말이 아니기 때문입니다. 그만큼 성공하기가 쉽지 않다는 사실을 보여 주려고 그랬습니다. 더 많이 더 오래 더 강건하게 연마하는 이상 모든 꿈은 현실로 내려앉습니다. 하늘은 인간에게 꿈과 이상을 가지라고 일러주기 위해 높이 솟아 있습니다.

접은 날개를 펴세요. 움추린 어깨를 펴세요. 그리고 제발 작은 생각의 높이를 키우세요.

아무리 높게 올라선다고 해서 꿈의 끝은 없습니다. 높은 이상은 가라앉지 않습니다.

부족한 저도 높은 이상을 꿈꾸고 있습니다. 능력이 되고 안 되고는 나중 문제입니다. 중요한 것은 도달하려는 신념을 버리지 않고 최대한 노력을 하는 것이 중요합니다. 산을 옮기겠다고 마음먹은 사람은 산을 옮기지 못할지언정 작은 바위라도 옮기고 열을 갖고자 하면 최소한 다섯은 갖게 됩니다. 처음부터 하나를 갖고자 하면 그 자신이 하나를 가질 수 있는 노력만 하게 됩니다,

꿈은 유일하게
도난의 위험이 없다.
아무도 꿈을 대신 실현시키지 않고
빼앗아 가지 않는다.
세상에 이런 보화가 또 어디 있겠는가!
꿈이 좋은 것은 제한이 없다는 것이다.

● 생각 서른하나.

공통점

어리숙한 사람의 공통점은 자신을 돌아보지 않는다는 점입니다. 그대의 인생 달력과 일기장은 어떻게 채워지고 있습니까? 살아온 인생을 다시 되돌아갈 수는 없으나 돌아볼 수는 있습니다. 지금 달려온 지점이 아직 시간이 많이 남아 있는 지점이라고 해도 그럴수록 살아온 흔적을 자주 돌아보는 시간이 필요합니다. 돌아보면 어떤 길을 가야 하는지 잘 알게 됩니다. 지금 현재의 시간을 무의미하게 보내버린 과거의 시간으로 다시 만들지 마세요. 오늘은 어제처럼 살지 않겠다는 결심이 필요합니다. 오늘을 무의미하게 사는 사람은 내일도 의미 없이 보내야 하는 여러 가지 이유 앞에서 망설이다가 또다시 포로가 되어버리기 십상입니다. 실패의 두 가지 유형 하나는 자만심에 빠져 실패하고 하나는 자신감 상실 때문에 실패합니다. 대다수의 실패는 자신에 의해 설정되고 조종이 가능합니다.

어느 것도 지혜롭지는 않지만 자신감을 상실하지 않는 것이 먼저입니다. 교만은 잡을 수 있으나 자신감 상실은 쉽게 일으켜 세우기가 쉽지 않습니다.

한 번 쓰러진 나무는 다시 세워지지 않습니다. 사람도 마찬가지입니다. 무슨 일이건 용기를 잃지 마세요. 가로등은 열심히 불을 밝히느라 자신이 어둠속에 갇혀 있다는 사실조차 잊어버립니다. 무슨 일이건 열중하면 외로움이라는 병에 걸리지 않게 됩니다. 시간이 남아서 외로운 사람도 있습니다. 하는 일이 없어서 외로운 사람도 있고요 중요한 것은 모든 게 너무나 차고 넘쳐서 외로운 사람도 있습니다. 이래저래 세상은 외로운 사람들로 넘쳐납니다.

　타다가 남은 재가 되지 말고 언제든지 타오르는 불이 됩시다. 불 꺼진 창도 외로운 마음의 연기를 피우지만 타다가 남은 재를 바라보고 있노라면 그 어두운 실증의 물질 앞에서 모든 생명의 분해 작용을 느끼게 됩니다. 빛은 밝아야 하고 노래는 아름다워야 하고 우리 자신은 언제나 살아 있어야 합니다.

하루를 어떻게 보내고 있는지를 보고
전 생애를 들여다 볼 수 있다.
그래서 오늘 하루는
굉장히 소중한 의미를 갖는다.
하루를 잘사는 것은
내 일의 삶을 잘살겠다는
각오보다 중요하며
오늘 하루를 잘사는 것보다
더 가치 있는 미래는 없다.
고로 하루는
전 생애보다 값진 시간이다.

● 생각 서른둘.

확인하다가 종친다

대다수의 젊은 남녀는 사랑을 하는 일보다 사랑을 확인하는 일에 더 많은 시간을 빼앗기며 살고 있습니다. 사랑이 얼마나 불안전한 심리상태에서 집을 짓고 살아가는지 알 수 있는 대목입니다. 저도 그렇고 당신도 그럴 것입니다. 그래서 사랑은 동시에 지키려는 마음의 자세와 노력이 필요합니다.

상대의 마음을
확인하려 애쓰는 사람은
분명 그자신의 상대를 향한
사랑에 문제가 있던지
사랑을 주기보다
받기를 좋아하는 사람이다.
상대를 진심으로 사랑하는 사람은
상대의 감정은 그리 중요하게
생각하지 않는다.
그가 중요하게 생각하는 것은
내가 상대를 얼마만큼 사랑하고 있으며

사랑 할 수 있는가
하루 종일 방법을 찾아
고민하는 것이다.

● 생각 서른셋.

시작은 반이 아니라 전부이다

먼저 발을 떼어 놓는 아이가 먼저 걸음마를 배웁니다. 주저하는 시간은 멈춘 시간과 같습니다. 무엇이든 시작하면서 부딪혀 나가는 사이에 우리는 성장합니다. 설령 그 시작이 작은 것일지라도 모든 시작은 가치가 있습니다.

시작하는 순간이 가장 명예로운 것이지 시작을 통해서 무엇을 얼 만큼 얻었느냐는 그리 중요하지 않습니다.

어떤 사람에게는 절망이 기회가 되고 또 어떤 사람에게는 기회가 절망이 되기도 합니다.

안일하고 나태한 사람에게는 아무리 좋은 기회가 와도 그것을 좋은 일로 승화를 시키지 못하고 다시 위기로 만들어 버립니다. 반대로 열심히 최선을 다하는 사람은 위기를 기회로 만들어 놓습니다. 기회와 위기는 항상 벗해서 존재합니다. 무슨 일이건 열심히 최선을 다하는 것이 중요합니다. 노력은 정직한 삶을 지향하는 에너지입니다. 인간을 더 나은 조건으로 승화시켜주는 매개체이며 바르게 삶을 정립해 나갈 수 있는 지름길이기도 합니다. 노력은 나태의 파멸이며 태만의 징벌입니다. 또한 인생을 헛되이 살지 않는 지혜의 첨병입니다.

나는 할 수 있다는 신념은 가장 위대한 희망입니다. 거리에 나서는 것조차 힘겨워 하고 두려워하는 사람들이 있습니다. 스스로 벽에 갇혀 지내는 것이지요. 그들은 무엇이든 부정적인 진단부터 내립니다. 내 마음이 부정적이면 판단까지 부정적이 됩니다.

조금 힘겨워 보이지만 나는 할 수 있다고 선언을 할 때 반전이 생깁니다. 긍정은 모든 것에 대한 수용입니다. 자기 능력 밖의 일일지라도 마음은 나는 할 수 있다는 희망으로 도배할 필요가 있습니다. 세상에는 할 수 있다고 하면 되고 할 수 없다고 하면 안 되는 일들이 너무나 많이 있기 때문입니다.

미리부터 안 되는
일과 되는 일을 구분하는 것은
매우 중요한 일이다.
그러나 모든 일이 자신의 뜻대로
되지 않는다는 점에서
이런 태도는
자신의 능력과 기개를
자승자박하는 꼴이 된다.

● 생각 서른넷.

상처에 오래 머물지 않기

상처가 깊을 때는 그 상처에 머물지 마세요. 잠시 바라보지 않는 사이에 상처는 아물어 갑니다. 세상살이는 망각이 필요합니다. 생각을 비우고 진정을 시키지 않으면 상처는 되 살아납니다. 상처를 붙들고 치유하기 위해 애를 태운다고 상처가 치유되는 것은 아닙니다.

이럴 때는 망각의 배를 타고 머물던 상처의 항구로부터 하루 빨리 벗어나야 합니다.

실패에 대한 보복은 성공입니다. 비오는 날 우산을 쓰지 않고 거릴 나서는 모든 사람들 중 빗줄기에 몸을 적시지 않는 사람은 세상에 단 한 사람도 없습니다. 세상 모든 사람의 인생에는 실패의 흔적이 있다는 사실을 전달하기 위해서 하는 말입니다. 그러하니 실패를 했다고 낙담하지 말고 자신만 실패의 그늘에 갇혀 버린 것은 아닌가 하고 공항 상태에 빠질 필요가 없습니다. 열심히 땀 흘려 보복합시다. 자신과 싸워 승리한 자는 타인과 싸우지 않으나 자신과 싸워 패한 자는 남과 싸우기를 즐겨 하는 법입니다.

이것은 꼭 저한테 들어맞는 말입니다. 예전에 저는 남과 싸우기를 즐겨 했습니다. 지금도 간혹 저는 남과 다투는 일을 하곤 합니다. 아직 저 역시 자신과 싸워 승리하지 못했다는 사실을 고백합니다. 그러면서도 여러분은 자신과 싸워 승리하는 사람이 되어 달라는 주문을 하고 싶습니다. 그리고 언젠가는 저 자신과의 싸움에서 승리하는 날이 다가오리라 굳게 믿고 있습니다. 언제나 도전하고 있기에……

오늘 상처 입은 것에
노여워하지 마라.
오늘 실패한 것에
낙담하지 마라.
이 두 가지는 인생이 품고 있는
숱한 관문이다.
누구나 이러한 관문을 통과한다.
내일이 있음을 기억하고
오늘을 견디며
다른 한편에서 다가오는 포상을
기대하라.
그리하면 포상은 그대의 것이 된다.

● 생각 서른다섯.
준비 좀 하고 삽시다.

철저하게 준비하는 자에게 정복당하지 않을 미래는 없는 법입니다. 다가오는 미래를 정복하려면 준비하는 마음이 필요합니다. 아무런 계획도 없이 이냥 저냥 미래를 맞이하면 어떠한 내일도 정복할 수 없습니다. 세월은 그냥 흘러가는 것이 아니라 우리가 부여받은 유일하고 단 한 번뿐인 시간을 지우개로 지우면서 흘러갑니다.

철창 속에 갇힌 사람보다 자신의 불안과 초조 속에 갇혀 있는 사람이 더 불행합니다. 불안한 미래가 우리 자신을 또 다른 감옥 속으로 밀쳐 넣어 버립니다. 인신의 구속보다 무서운 것은 불안의 구속입니다. 인신의 구속은 행동의 자유를 찾게 되면 치유가 되지만 불안과 초조 속에 갇혀 지내는 사람은 자유를 얻어도 그 자유의 기쁨까지 누리지 못합니다. 현대병은 이토록 무섭습니다.

게으른 자가 걸리는 병은 가난이라는 질병입니다. 가난하십니까? 물질의 부족으로 고난의 항군 중이십니까? 내가 가난한 것이 게으르거나 도전을 기피하거나 아무런 일도 하지 않아서가 아니라 사회 탓이라고 생각하고 있지는 않습니까? 대다수의 가난은 열심히 살지 않기 때문에 옵니다. 열심에 열심을 더하고 땀에 땀을 더하고 용기에 용기를 더 하고 요행을 바라는 마음을 없애며 살아간다면 분명 지금의 가난은 치유가 될 수 있습니다.

　어둡고 절망적인 곳에서 세상의 꿈을 찾는 사람이 있는 반면 환하고 희망이 넘치는 곳에서 세상의 꿈을 잃어버리는 자가 있습니다. 그만큼 절망과 희망은 선택의 문제입니다. 당장 실험해도 됩니다. 희망은 희망의 생각으로부터 출발됩니다. 희망을 현실의 조건반사로 생각하는 사람에게는 이런 말이 무슨 소린가 싶겠으나 스스로 희망을 키우면서 살아가는 사람들은 이해가 갈 것입니다. 그대는 제 말이 이해가 되는 쪽에 서 계시기를 여망합니다.

있고 없음에
인생과 주변을 탓하지 마라.
원망을 키우는 순간
그대를 감싸는 희망을
나그네와 같이
떠나가게 하기 때문이다.
원망하고 탓하면
삶은 절대로 상승되지 않는다.
오늘보다 나은
내일을 갖고 싶거든
땀 흘리며 순응하라.

● 생각 서른여섯.

잘 좀 만나 봅시다

　　　　당당하되 사람을 업신여기지 않으며 겸손하되 비굴
하게 보이지 않으며 사람을 대할 때. 예를 다해야 의인이 모입니
다. 사람을 귀히 여겨서 손해 보는 일은 없습니다. 자신보다 못한
사람은 얼마든지 있겠지요. 그런데 굳이 못난 사람 잘난 사람 가
려서 대할 필요는 없습니다. 모두 귀인처럼 대하면 자신의 신분
이 드높아 지고 주변의 모든 사람이 좋은 사람들로 넘쳐 나게 되
어 있습니다. 받을 때는 예를 갖추고 줄때는 상대를 높이 며 주어
야 합니다. 이것이 주고받는 관계의 예의입니다. 주고도 욕을 얻어
먹는 사람 적지 않습니다. 필요할 때 주지 않고 또 주면서 상대에
대한 예의를 지키지 않았기 때문입니다. 비단 물질만을 말하는 것
은 아닙니다. 마음을 주고받는 것도 이러합니다.

　사람을 사귐에 있어 먼저 예를 보고 그 다음 근본을 보며 그 다
음 소양을 보고 그 다음 신의를 보고 그 다음 능력을 봅니다. 다
섯 가지가 만족되면 그때 가서는 뜻을 논해도 무방합니다. 나방이
밝은 곳을 찾아다닌다고 뜨거운 불 속으로 들어가지 않습니다.

아무리 사람이 그리워도 사람을 가려서 사귀지 않으면 복이 화가 되는 경우가 있습니다. 만남은 소중한 것이지만 먼저 살피는 습관이 필요합니다.

모든 사람에게 예를 다해 대하는 것은 스스로 사람됨의 근본을 바로 세우는 일입니다.

사람이 희망이라는 말. 참 아름다운 말이면서 딱 들어맞는 말입니다. 우리 는 서로에게 희망이고 희망이 되어야 합니다. 스스로 켜는 희망의 불도 밝지만 서로 기대면서 둘이 켜는 희망의 불은 매우 밝습니다.

작은 이익에 눈 먼 사람은 소경과 같아서 먼 길을 가지 못하고 큰 뜻을 이루지 못합니다. 이익을 논할 때 소수점까지 따지면서 불을 켜는 사람이 있습니다. 당장은 더 많이 켜지는 것 같지만 나중은 더 많은 것을 잃어버리고 사는 것을 볼 수가 있습니다. 작은 것을 소홀히 하라는 말은 절대 아닙니다. 큰 뜻을 이루려면 작은 것에 자신의 마음을 빼앗기지 말라는 것입니다.

사소한 일에 감정을 앞세우면 큰일을 도모하려는 사람이 모여들지 않습니다. 손해 보지 않으려는 마음이 우리를 옹색하게 하고 사소한 일에도 성을 내게 합니다. 세상에는 가질 것도 많이 있지만 잃어야 하는 이유도 많이 있습니다. 소란스러운 곳에 오래 머무는 인심은 없습니다. 자신의 아픔보다 타인의 아픔을 크게 생각할 수 있는 마음을 가질 때 비로소 인간의 도덕적 품성은 완벽해지고 자기완성의 도약이 보장됩니다. 인격이 뭐 별거 있습니까?

상대의 입장을 생각하고 나보다 더 불행한 사람에게 눈을 돌릴
수 있는 마음을 먹으면 되지요. 그리되기 쉽지 않고 그리 사는 사
람 몇 안 된다고요. 맞습니다.

인색한 사람은 마치
풀 한 포기 자라지 않은
메마른 대지와 같다.
눈앞에 이익이 없으면
그는 절대로 마음을 열지 않는다.
받기만 하고 주려고는 하지 않는다.
손해 보는 것이 두려워
사람을 제대로 사귀지 않으며
일단 사람을 사귀더라도
손해 볼 것을 염려하여
진실할 사람을 갖지도 못한다.

산은 오르는 자에게 몸을 내어줍니다

세상은 산을 오르는 것과 같습니다.

내가 발을 밟고 오른 높이만큼 세상도 몸을 내어 줍니다. 그러 하니 너무 높다고 지레 겁먹고 주저할 필요가 없습니다. 세상 어 떤 것도 뜻을 세워 오르는데 몸을 내주지 않은 것은 없습니다. 단 열심히 해야 합니다. 갈고 닦은 재주와 빛은 절대 땅에 묻히지 않 습니다. 오늘 바치는 수고와 노력을 가볍게 생각하지 마세요. 모 든 몸짓, 땀, 노력, 열정의 채취는 생의 전반에 걸쳐 큰 수확을 거 두는 수단이 되어 줍니다. 지친 마음은 이해합니다. 언제 배워서 목표에 도달할까 깜깜해지고 아득해지는 기분, 그 기분은 충분히 이해합니다. 하지만 중도에 그만두고 싶은 본능을 가진 것은 모두 가 마찬가지입니다. 우리 모두가 길을 가다고 멈추고 싶은 충동을 느끼며 살아갑니다. 헛된 노력은 없습니다. 배움의 가장 성스러운 가치는 두고두고 험한 세상을 건너는 사공이나 노가 되어 주는 데 있습니다.

한눈팔다 성공한 사람 없고 성공한 사람치고 한눈판 사람 없습 니다. 똑바로 한 길을 걸어간 사람은 거의 다가 평탄한 인생을 살아가고 있습니다. 이건 인생의 공식입니다. 이렇듯 인생에도 공식이 있습니다. 수학문제를 잘 푸는 사람은 머리가 명석한 이유도 있겠지만 수없는 반복학습을 통해 나온 결과입니다. 한눈팔지 않고 오직 한 길만 걸어가는 것이 인생의 공식 문제를 푸는 길이 됩니다. 저는 정말이지 한눈을 많이 팔았습니다. 재주가 좀 남다르다 보니 이일저일 손을 대고 기웃거리기를 좋아했지요. 사팔뜨기가 되지 않은 게 다행입니다. 근데 요즘은 비교적 똑바로 살아가고 있습니다. 충동의 답은 실수로 종결됩니다. 부산하게 움직이는 사람이 있습니다. 매사 즉흥적이지요.

이 역시 저를 두고 하는 말 같습니다. 저는 무척 충동적이었어요. 당연히 실수와 실패 투성이 인생을 살아 왔지요. 그러다보니 이런 글을 쓰게 되었는지 모릅니다. 급히 가려는 사람들이 이와 같은 성향을 보이지요. 한 번에 무엇인가를 이루고 얻으려는 마음이 스스로를 달달 볶고 즉흥적인 사람으로 변하게 합니다. 모든 생명이 때가 되어 피고 때가 되어 지는 것을 보면 사람의 세상 살기도 다르지 않을 것입니다.

정상이라는 문은
그대가 살아 생애를 마치는 날까지
닫히지 않는다.
그대가 원하면 언제든지
그 문은 드나들 수 있다
그리고 그 문은
꿈꾸는 모든 사람을 반긴다.

● 생각 서른여덟.

좋은 사람 나쁜 사람

좋은 사람을 만나는 것은 배가 물을 만나는 것 같고 나쁜 사람을 만나는 것은 농부가 추수 때 홍수를 만나는 것과 같습니다. 사람 잘 만나고 있습니까? 혹시 아무나 손을 잡고 관계를 시작하고 있지는 않습니까? 현미경으로 보면 사물이 더 잘 보이지요. 더 밝은 날은 먼 곳까지 사물을 볼 수 있습니다. 사람도 좀 더 관찰하고 살피면서 사귀는 것이 중요합니다. 좀처럼 좋은 사람을 만나지 못하는 것은 이해관계를 따지면서 사람을 만나기 때문입니다.

나쁜 사람은 덫을 가지고 있습니다. 이런 사람들은 철저하게 자신을 숨기며 살기 때문에 쉽게 드러나지는 않습니다. 상대를 빠트리기 위해 함정을 파지 마세요. 만약 파놓은 함정에 상대가 빠지지 않으면 오히려 자신이 그 함정에 빠지게 됩니다. 모략하고 함정을 파는 사람들로 넘쳐나는 요즘입니다. 누군가는 자신이 파놓은 함정에 빠지기를 바라면서 공을 들이는 사람들이 있습니다. 사람이 할 짓이 아니지요.

그런데 꼭 반드시 의를 세우고 악을 징벌하기 위해 함정을 파야

136

할 일이 생겼다면 사실과 진실에 입각해서 진행해야 합니다. 거짓
된 증언으로 함정을 파면은 거의 다 자신이 파놓은 함정에 갇히
는 우를 범하게 됩니다.

따스한 햇볕이 만물을 양육하는 것처럼 사람도 그 마음이 어질
고 따뜻하면 가까운 사람뿐 아니라 멀리 떨어진 사람들까지 거느
리게 됩니다. 느낌이 좋은 사람으로 기억되는 일은 자신에게 매우
놀라운 기쁨이 됩니다. 뿔따구나 부리고 차가운 사람은 사랑. 우
정. 관심 까지 얼어붙게 합니다. 추운 겨울에 강물이 얼어 버린 것
을 보면 인간의 차가운 품성이 주변 사람에게 어떤 영향을 끼치
는지 알 수 있습니다. 누군가 나의 옹색한 마음 때문에 얼어붙는
다고 생각해보세요. 따스한 마음 넉넉하게 대하려는 처신은 나를
돋보이게 하는 일입니다.

좋은 사람을 만나려면
먼저 좋은 사람이 되어야 한다.
내가 좋은 사람이 아닌데
좋은 사람을 만나려는 것은
파도가 바위를 만나는 것만큼
어려운 일이다.
좋은 사람이 나쁜 사람을
만나 상처를 입는 경우가 있다.
그러나 잘 살펴보면
생애 어느 시점에서
그 자신이 나쁜 사람이었던 적이
반드시 있었을 것이다.

한약 한 사발

현실과 비현실의 차이점. 현실은 냉혹하고 쓰지만 비현실은 달콤하면서 허무합니다.

상상은 즐겁습니다. 그런데 현실은 한약이지요. 독약 일 때도 있고요. 그런데 참으로 신기한 것은 역시나 우리 입맛에는 한약이 맞다는 것입니다. 오늘도 나는 한 사발의 쓴 약을 들이키며 하루를 살았습니다. 단맛을 좋아하는 사람은 당뇨병에 걸리고 쓴맛을 좋아하는 사람은 채식주의자가 되어 건강하게 장수합니다. 눈물어린 빵을 먹어보지 않고는 인생을 논하지 말라는 말도 있습니다. 즐거움 앞에는 슬픔이, 고난 앞에는 행복이 놓여 있습니다.

행복한 사람에게는 불행의 그림자가 붙고 불행한 사람 앞에는 행복의 그림자가 붙어 다닙니다. 인생을 마칠 때까지 쭈욱 행복한 사람은 없고 불행한 사람 역시 없습니다.

버스를 타고 다녀보면 멈추는 정거장마다 풍경이 다르다는 것을 볼 수가 있습니다.

인생도 그러합니다. 인생을 살다보면 바다를 만나고 강을 만나고 산을 만나고 절벽을 만나고 평원을 만나게 됩니다. 스치는 시간마다 우리 앞에 놓이는 것은 그토록 찾아 헤매던 행복일 수 있고 예견하지 못한 불행일수 있습니다.

다양한 변화에 대처하는 마음의 자세를 갖지 않으면 우리는 얼마 가지 않고 주저앉게 됩니다. 쉽게 좌절하는 사람들이 넘쳐 나고 있습니다. 아무것도 아닌 일에 주저앉아 사니 마니 하는 사람들에게 기쁨이 찾아들 수 없습니다. 포기하는 젊은이에게 시간이 남아 있다고 말할 수 는 없습니다. 절망의 편에 순응할 줄 알고 행복한 시간을 마음껏 즐길 줄 아는 여유로움이 더 많은 행복의 시간을 누릴 수 있도록 이끌어 줍니다. 즐기는 가운데 행복에 도달하는 것이 인생입니다. 슬픔과 고난을 이겨내는 가운데 우리는 자신도 모르게 행복을 만나고 희망의 다리를 건너고 있는 자신을 발견하게 됩니다. 고난의 현실에 굴복하지 않는 용기와 기꺼이 슬픔을 받아내는 의연함이 지금 우리에게 필요한 삶의 지식입니다. 갈수록 추락하는 삶은 없습니다. 갈수록 나아집니다. 묵묵히 길을 가다보면 정상이 보입니다. 중간에 멈추면 다시 갈 수는 있으나 그만큼 거리는 멀어지게 됩니다.

비가 내리고 나면 해는 더욱 빛나고 하늘은 더욱 푸르듯 지금 우리 앞에 고난을 하나하나 거두어 갈 때 우리의 인생은 더욱 알찬 열매를 수확하는 때에 이르게 됩니다. 인간이 고난을 자주 만나게 되는 것은 무엇이든 한 번에 이루려는 욕심 때문입니다. 돌고 도는 인내가 부족한 사람들은 어떤 시련도 참아내지 못합니다. 자기가 싫어하는 음식은 먹지 않고 편식 하여 건강을 잃는 사람이나 요행만 바라는 사람이나 잃어버리는 것은 같습니다. 우리는 인생이라는 큰 문제와 직면하고 있습니다. 조금 어려운 문제가 있고 조금은 쉬운 문제가 있습니다. 피하면 다시 피해야 하는 것이 인생입니다. 인생은 무수한 장애물의 넘어섬입니다. 막다른 골목이 수없이 많고 장벽은 널려 있습니다. 오르기 힘든 산도 있습니다. 우리가 만나는 장애물이 하나만 있다면 얼마나 좋겠습니까? 그것은 살아가는 자들의 모든 바람입니다. 그러나 인생은 곳곳에 장애물이 매복되어 있습니다. 그것도 우리가 전혀 예상하지 못하는곳에 더 많이 있습니다.

정말로 나를 사랑하시나요

정말로 나를 사랑하시나요. 그 사랑 보여 주세요.
왜! 제가 그대들의 것인지, 대한민국의 것인지.
민족이여! 조국이여! 7천만 동포여! 말해주오.
언제 까지 언제 까지 나 여기 홀로 남아
내 터에 드나드는 적장의 망언을 들어야 하는지
그대 나를 사랑한다면 나를 지켜주오.
이대로 나를 두고 가시려면 날 두고 가시려면
적삼을 적신 푸른 바다, 오랏줄 하나 두고 가오.
등대가 잠든 틈을 타 부두에 정박하는
적장을 매어 함께 수장되려니.
나 여기 살겠소. 그대와 더불어.
죽어도 아니 가려 하오나 여기 살겠소.
빗길 무서워도 뱃길 열어 마중 나가
그대 품에 안기려니 그대 내게 와 주오.

140

열병

　　사랑은 감미로운 고독입니다. 그 길을 가는 나그네는 누구나 외로움과 마주치게 됩니다.

　소유하기 위해 떠나는 길이기에 그러합니다. 열병의 잔치는 흥에 겨우나 만나고 헤어지는 시간은 낯설도록 두려운 그늘에 갇히게 합니다.

　그러나 이별의 항구에 당도하여 그날 받은 기쁨만큼 다시 외로움에 취하지 않는 사랑은 없습니다. 인생은 짧고 예술은 긴 것과 같이 다시 만나는 다가올 시간은 길고 헤어져야 되는 떠나 갈 시간은 짧습니다.

　우리 모두가 취해 사는 사랑은 매일매일 이러한 교훈을 남깁니다.

　그래서 아쉬움이 크면 사랑도 크고 다시 만날 사랑을 예비하는 마음도 깊습니다. 사랑을 갖기 위한 수고이지만 누구나 수확하지는 않는다는 점에서 그 땅은 비옥하지만은 않습니다.

사랑은 화산이 폭발하는 순간이다.
빈틈없이 정밀한 에너지의 결합은
극도의 흥분 사태로 밀쳐 버린다.
이미 시작한 사랑의 상승 기운은
각자의 영혼에 돌풍을 일으킨다.
그 족쇄에 자유로운 사람은 없다.
사랑이 영혼을 점령하는 순간은
매우 격렬하고 뜨겁다.
그것은 매우 슬픈 전쟁이다.

부정적인 사람

부정적인 사람과 손을 잡는 것은 날카로운 가시와 손을 잡는 것과 같이 매우 위험합니다.

더 나아가 부정적인 사람과 손을 잡는 것은 입을 벌려 물려고 덤벼드는 독사를 만난 것과 다르지 않습니다. 그냥 독 묻은 화살을 만지는 것과 같다고 해두지요.

그들은 무엇이든지 안 된다는 생각을 하고 말을 하기를 즐겨 합니다. 특이할 만한 사실은 부정적인 사람의 지능지수가 매우 낮다는 것입니다. 세상에 멋진 사람은 넘치는데 혹시 머리 나쁜 사람과 교제하고 싶지는 않겠지요.

매사를 밝게 생각하고 보는 사람은 어둠 속을 걷지 않습니다.

"와, 세상은 아름다워."

"살 만한 가치가 있네."

"어머! 상아빛 백합, 질펀한 호박꽃, 결이 고운 공기, 투명한 물, 내 육신에 말을 걸어오는 햇빛. 이 모든 것이 적절하게 서로 기대며 살아가는 무한대의 창조적 생명의 잔칫상은 정말 놀라울 정도로 아름다워. 이들과 더불어 함께 호흡하는 나는 정말 소중한 존재고 살 만한 가치가 넘쳐."

"물론 조금은 힘이 들고 고난이 적지 않지만 인생은 즐거운 무대야."

이렇게 생각하는 사람은 절대로 어둠 속에 갇히지 않습니다. 그러니 그대와 나도 어둠 속을 걸어가지 않기로 합시다.

배울 점이 없는 사람과 관계를 갖는 것은 산을 오르다 도중에 내려오는 것과 같습니다.

노력하지 않는 사람, 요행을 바라는 사람, 자신이 잘되기 위해 뒤로 돌아가 남의 등을 겨냥하는 사람, 이런 사람과 교제하는 것은 정말로 삼가야 합니다.

인생은 철저한 준비가 있어야 살아가는 학습의 도장입니다. 배우려고 노력하지 않은 사람은 당연히 배울 점이 없지요. 인간은 누구나 배울 점이 있다고 하는데 아니 아니, 절대 그렇지 않아요. 평소 스스로 갈고 닦고 최선을 다하는 사람에게서 배울 점이 있습니다.

'안 돼' 라는 말에 길들여진
그 사람이
희망을 가리고 있는 그늘이다.
음지의 바이러스이다.
그들이 내뱉은 말은 독한 가스와 같아서
그 자신 뿐 아니라 사방에 널려 있는

긍정의 군사들을 오염시킨다.
대체적으로 그들은
아무것도 이룬 적이 없으며
무엇을 이룰까 관심도 없다
그들이 관심을 두는 것은
할 수 있는 것과 할 수 없는 것의
비교뿐이다.
그들이 위험한 것은
할 수 있는 일조차 할 수 없다고 말하며
할 수 있어도 시도하지 않는 다는 것이다.

절망을 스승으로 삼기

싸워서 이길 수만 있다면 절망은 우리의 삶에 없어서는 안 되는 위대한 스승입니다.

인생은 훈련이 필요합니다. 장애물을 건너는 선수들이 장애물을 잘 뛰어넘는 것은 훈련을 했기 때문입니다. 학교에서의 스승은 선생이지만 인생의 스승은 절망입니다.

아리송하게 생각하실 필요는 없습니다. 힘들게 살아가고 있는 사람들에게 그 지겹고 고단한 절망을 스승으로 삼아야 한다고 말을 하니 기분이 나쁠 수도 있겠지요. 하지만 이 말은 인체가 면역체계를 가지고 있듯이 우리의 인생도 면역체계를 가지고 있어야 하는데 절망만큼 인생을 건강하게 지킬 수 있는 수단은 없다는 뜻입니다. 거뜬하게, 즐겁게 힘겨운 절망을 뛰어넘어 보자는 말이지요. 그대가 무슨 일이든 최선을 다해 시도해보고 실패를 하게 되었다면 그 실패는 성공 못지않게 값진 유산입니다.

멋이 많이 물든 세상이라 무엇이든지 결과가 없으면 명함을 내밀 수 없는 시대가 되었습니다. 결과의 크기라는 것은 돈을 얼마

146

나 벌었느냐에 따라 점수가 매겨집니다. 땀 흘려 최선을 다한 사람도 결과가 시원찮으면 이내 풀이 죽고 고개를 들지 못합니다. 세상은 돈 세는 소리로 요란합니다. 이런 판이니 결과가 없으면 기가 죽을 수밖에 없는 일이지요. 100억을 번 사나이의 신화가 세상의 중심에 서 있으니 우리 같은 사람들은 아무리 노력을 한들 지하 주차장 안내원처럼 드러나서는 안 된다는 생각을 할 수 있습니다.

이제 더는 세상의 허세와 가공의 물질의 눈높이에 휘둘려 자신의 소중한 인생과 가치를 폄하하지 않았으면 합니다. 결과가 작으면 어떻습니까? 우리가 지치지 않고 숱한 위기를 넘나들며 묵묵히 최선을 다해 견디어낸 지금의 모습이 우리의 진짜 인생의 모습입니다. 실패의 기준을 바꾸는 운동을 함께 펼쳐 나가기를 제안해봅니다.

일으켜 세워도 일어나지 않는 아이가 있습니다. 괜찮다고 말을 해도 장애물을 건너지 않는 사람이 있습니다. 조금만 더 가면 목표지점인데 "아직 멀었어!"라며 주저 않는 사람이 있습니다. 이 정도는 견딜 수 있어야 된다고 말하면 불에 덴 사람처럼 더 이상 갈수 없다고 멈추어 서는 사람이 있습니다. 무엇이든 안 된다고 손사래를 치고, 나는 할 수 없다고 생떼를 부리는 사람이 있습니다. 정말 아무 일도 하지 않으려고 하고 손을 잡아 주어도 뿌리치는 사람이 있습니다.

이런 사람은 스스로 절망하는 사람입니다. 누구인들 무엇이든 이런 사람은 구제받지 못합니다. 불행의 크기는 자신의 마음속에서 결정됩니다.

세상에서 자신이 제일 행복하다고 하는 사람이 살고 있었습니다. 언뜻 생각하기에는 분명 대도시의 으리으리한 집에서 많은 돈을 갖고 부귀영화를 누리는 사람이어야 맞지만 막상 찾고 보니 그는 농부였습니다. 가진 밭도 크지 않았습니다. 그가 밭에 들어갔을 때 사방 어느 쪽에서건 그가 일하는 모습을 가까이 볼 수 있을 만큼 작았습니다. 얼굴은 새카맣게 그을렸고 연신 웃는 모습이었습니다. 남루한 옷차림에 할아버지 같이 주름이 파인 그의 얼굴에서 뿜어져 나오는 섬광은 그 자체로 경이롭고 정말 행복해보였습니다. 누군가 물었습니다.

"당신은 어떻게 세상에서 가장 행복한 사람이 되었습니까?"

그러자 할아버지는 이렇게 말했습니다.

"나는 세상이 가르쳐준 행복을 따라가지 않고 자신이 행복한 일만을 찾아 여행을 했지요."

세상은 누군가 만들어 놓은 행복으로 넘쳐 나고 있습니다. 모두가 꾸며지고 작위적인 행복이 인간의 행복으로 규정되어 있습니다. 그래서 완벽한 행복에 도달한 사람은 없습니다.

저곳에 행복이 있고 저 정도면 내가 행복할 수 있는데 하지만 막상 도달하고 나면 자신이 다가선 그만큼 우리의 행복은 저만치 달아나버립니다. 현대 문명이 만들어 놓은 행복의 기준은 그만큼 불안전하고 기준이 명확하지 않습니다. 우리가 행복하다고 믿는 행복은 신기루와 같습니다. 현대의 행복은 가설에 갇혀 있습니다. 저 정도면 행복할 터인데 행복하지 않은 사람이 많은 이유가 여기에 있습니다. 내가 원하는 행복은 내 마음속의 행복을 갖는 것입니다. 남이 가져다주는 행복도 아니고 도달하면 다시 달아나 버리는 것이 행복이라고 한다면 내 자신의 행복을 내가 정하며 사는 것이 옳다고 생각합니다. '그래, 나는 이정도면 더 이상 욕심 부리지 않고 행복을 느껴야지'라고 생각하고 앞에 나온 농부처럼 스스로 행복 설계사가 되어 보는 것입니다. 설정되지 않은 모든 행복은 불안한 상태로 남겨질 수밖에 없습니다. 왜냐하면 행복은 욕심에 비례하기 때문입니다.

불행한 일이 적지 않지만 행복할 수 있는 기회가 많은 것이 인생입니다. 우리 모두가 아직까지 행복하지 않은 것은 우리 자신이 선택한 행복을 갖지 않고 살아가기 때문입니다.

행복은 도화지와 색연필 같은 것입니다 서로 엉겨 붙으면서 그림을 만들어 내는……

독한 맛은 넘어갈 때만 쓰다.
가파른 절벽에서 피는 꽃이
들판의 야생화보다 아름다운 것은
살고자 하는 강인한 본능에 의해서다.
삶이라는 것도 이와 같이
험난한 여정을 거쳐 당도할 때
그 향기는 깊고 그 열매 또한 달다.
쇠가 불속에서 달구어지는 것은
스스로 강해지기 위해서이다.

실패의 원인들

우리 마음속의 실패가 모든 일의 실패를 만들어 냅니다. 무슨 일을 하기도 전에 자신감을 상실한 채 낙담하는 사람들이 적지 않습니다. 일을 추진하는 과정에서도 이와 같은 생각은 더 커져서 나는 할 수 없다는 부정적인 생각으로 재생산됩니다. 정신에 해이해 지는 과정에서 서서히 실패가 현실 속에서 윤곽을 드러내기 시작합니다. 마음이 긍정적으로 준비가 되어 있지 않은데 현실에서 실패가 발생하지 않을 수 없습니다. 마음의 거울이 실패의 거울이 되어가는 과정은 이러합니다. 마음 작용은 이토록 중요합니다. 달리기 선수가 뛰어 가겠다는 결심을 하지 않으면 절대로 좋은 성적을 낼 수 없습니다.

실패는 우리 자신 속에 존재하는 두려움을 먹고 자랍니다.

실패라는 관문을 거치지 않은 자에게 성공은 자신의 전부를 내어 주지 않습니다.

현재 무슨 일을 하고 있는지가 그 자신 미래의 모습이 됩니다. 지금 무엇을 하고 있으며 무슨 일을 하기 위해 준비하고 있는지 얼마나 노력하고 있는지가 미래의 자신을 비추는 거울이 됩니다. 어두운 구름은 반드시 비를 내립니다. 현재 안일에 젖어 있다면 미래의 나는 별 볼일 없는 지점에 반드시 도달해 있습니다. 미래를 맞이하는 것은 오늘 현재의 내 모습입니다. 미래를 희망이 넘치고 설레도록 만들기 위해서는 오늘의 나는 지혜롭게 선택하고 그 선택한 일에 최선을 다해야 합니다.

집중해서 일하는 만큼 유익한 명상은 없습니다. 집중적으로 하는 노동은 명상과 다르지 않습니다. 자연의 아름다운 풍광을 찾아가 정신적인 휴식을 취하는 것은 매우 중요한 일입니다. 그런데 기분이 좋은 상태에서 신나고 즐겁게 주어진 일에 매달리면 자연 속을 찾아가 누리는 휴식 못지않은 심신의 안정감을 안겨 줍니다. 쫓기듯 일을 하는 사람들은 이런 단계로 진입을 하지 못하고 주어진 일과를 마치고 자리를 박차고 벗어나려고 합니다. 저 같은 경우에는 노동이 휴식입니다. 저는 일을 매우 즐겁게 합니다.

그러하니 별도로 휴식을 찾을 필요가 없습니다. 잠시 일손을 놓고 싶을 때도 있으나 대체적으로 일은 제게 위안이 되기도 하고 명상이 됩니다.

보상 없는 노력은 없습니다. 모든 노력은 보상을 준비하고 있습니다. 그것도 노력한 만큼 몫이 돌아갑니다. 자신에게 돌아온 포상이 작은 것은 자신의 노력이 크지 않기 때문입니다.

요행으로 돌아가는 몫은 포상이 아닙니다. 노력한 만큼 포상이 준비되어 있으니 인생은 살 만한 여행입니다.

노력 앞에 장애 없습니다. 집중적으로 매달려 보세요. 그리고 치열하게 대상과 힘겨루기를 해보세요. 결코 그대가 넘어지는 일은 없습니다. 아무리 험난한 고통도, 주저앉지 않고 그 시간을 의연하게 지나갔을 때 훗날 희망으로 변화되지 않는 고통은 없습니다. 그러므로 오늘의 고통은 내일의 고통을 이겨내는 귀중한 자산입니다.

넘어짐은 인생의 수업이다.
무수한 상처와 시련을 거쳐서
사람은 단련된다.
도전하고 또 도전하면
길은 열리고 담은 무너진다.
한 번 해보고 안 되는 일은
두 번 부딪혀 보면 되고
두 번 부딪혀 안 되는 것은
세 번 부딪혀 보면 된다.
중단하지 않고 도전하는 일은
멈추어 선 것보다
위대한 행동이고 선택이다.

꿈은 성공의 교류

　　　　꿈을 꾸는 그 순간부터 당신은 성공과의 교류가 시
작된 것과 다르지 않습니다. 꿈은 그 자체로서 비전입니다. 이전
과 다른 상태로 진입해 들어가는 곳에는 언제나 새로움과 희열이
있습니다. 꿈은 나와의 교류이며 생의 반전을 보장합니다. 거창하
지 않아도 됩니다.

　지금보다 나아지려는 노력이 있다면 그대는 지금 꿈을 꾸고 있
다는 증거이며 성공과 밀애를 즐기는 일이 됩니다. "나는 아무것
도 가진 것이 없는데 무슨 꿈을 꾸라는 건지 알 수가 없군" 하고
말하는 사람도 있을 것입니다. 쉽게 와 닿지 않은 말을 하는 것
같지만 꿈은 내가 풍족할 때 넉넉할 때 꾸는 것이 아니라 넘치지
않고 부족할 때 그것을 채우기 위해 꾸는 것입니다. 내가 남들보
다 조금은 덜 행복하다는 생각이 들 때. 그리고 가진 것이 없고
정말 최악의 순간이라는 절박함이 찾아올 때 우리는 더 나은 내
일을 구상하고 선택하는 삶을 살아가야 합니다. 생의 반전은 바
로 이런 긍정적인 생각에서부터 시작됩니다. 우리 곁에 머물면서

나의 가치를 찾고 돌아보는 순간은 아무리 어려운 일이 닥친다 해도 우리는 지금의 순간 앞에서 당당해질 수 있습니다. 시련은 일종의 고개와 같습니다. 누구나 고개를 만나고 넘고 살아갑니다. 더 높은 고개와 좀 더 낮은 높이의 차이점만 있을 뿐입니다 그러나 시련이라는 고개를 넘고 나면 누구에게나 똑같이 평지가 펼쳐집니다. 그러기 때문에 오늘의 시련은 그리 심각하지 않습니다.

생각이 운명을 운전합니다. 자신의 운명에 깊이 관여하고 통제하는 것은 바로 자신의 생각입니다. 따라서 어떤 생각을 하느냐는 것은 매우 중요합니다. 운명은 자신의 생각 그대로 반영해주기 때문입니다. 그러므로 힘든 가운데 가까이 두어야 할 것은 꿈입니다.

내일의 희망을 키우지 않고는 현재는 어두울 수밖에 없습니다. 무엇을 할까 고민하고 무엇이든 시도해야지라는 의욕이 있으면 됩니다. 꿈을 잃어 가는 사람들은 아무것도 할 수 없다는 생각에 서서히 빠지기 시작합니다. 사람들과 교류가 적어지고 활동은 줄어들어갑니다. 꿈을 키우지 않으면 우선적으로 주변 사람부터 눈치를 채기 시작합니다. 그것을 발견한 사람들은 하나둘 떠 나가기 시작하지요. 꿈을 잃어버리면 결국은 나를 잃고 주변을 잃어버리는 불행한 일입니다.

가장 좋은 인생의 친구는
우리가 꾸는 꿈이고
그 다음이 희망이다.

꿈은 마치 바다를
저어가는 노와 같다.
사공에게 노가 필요하듯이
지금 우리에게는
삶을 저어가는
꿈이 필요한 것이다.

● 생각 마흔다섯.

비밀 지켜주기

상대가 들려준 비밀을 잘 간직해주면 그것은 나중에 큰 재산이 됩니다. 사람마다 비밀이 있습니다. 그런 비밀 중에는 남이 알면 안 되는 아픔도 있고 부끄러운 흔적이 있습니다.

우리는 저마다 다양한 상태의 비밀을 가지고 살아갑니다. 혼자 끙끙 앓다가 누군가에게 고백을 하는 경우가 있습니다. 비밀은 꼭 가깝다는 친구나 지인에게 털어 놓게 되지요. 다들 그런 경험 한두 번은 있었을 것입니다. "이번 이야기는 너만 알고 있어! 약속해!" 도장 찍고, 새끼손가락 걸고, 스캔하고 나서 처음 약속한 대로 비밀을 지켜주면 좋은데 이내 돌아서자마자 누군가와 다시 새끼손가락 걸고, 스캔하고, 도장 찍은 다음에 "너만 알고 있어 절대 다른 사람에게 말하면 안 돼!" 하며 주절주절 들은 이야기를 풀어 놓습니다. 그 다음도 마찬가지입니다 정말 혼자 알고 있어야 할 비밀은 이런 과정을 거쳐서 번져 갑니다. 돌고 도는 사이 살이 찌고 각색이 되어 비방의 수준까지 도달합니다. 소위 말하는 배달 사고가 나지요. 비밀을 털어 놓는 사람들은 매우 절박한 상태에서 도움을 요청한 것입니다. 털어 놓고 나면 가슴이 후련해질 것 같아서 믿고 전달한 것을 대수롭지 않게 여기저기 실어 나르는 것은 우선적으로 신의에 문제가 있습니다.

무슨 말이든 듣고 잊어버리는 것이 좋습니다. 듣고서 간직하면 누군가에게 고백하고 싶은 또 하나의 비밀이 됩니다. 어떤 사람은 남의 비밀을 듣고서 약점을 잡고 늘어지는 사람도 있습니다. 세상 험악해지는 일이지요. 비밀은 오래도록 영원히 간직해주면 더 많은 비밀을 듣는 즐거움을 갖게 되고 그 신의가 쌓여서 좋은 일을 나누는 사이로 발전을 하게 됩니다.

당신을 믿고 의탁하는 말을 듣고 어디 가서 '너만 알고 있어' 하지 마세요. 모든 비밀을 다 말한다면 정말 세상에 믿을 사람이 하나도 없게 됩니다. 이건 나만이 아닌 당신에게도 적용되는 말입니다.

간직하지 못할 비밀은
아예 주워 담지 마세요.
들으려고도 하지 마세요.
비밀을 흘려버리는 것은
잡은 손을 놓아 버리는 것과
다르지 않습니다.

어떻게 사용하느냐는 어떻게 버느냐보다 중요합니다

재물에 눈이 먼 자가 불행한 것은 죽을 때 아무것도 가져갈 수 없기 때문입니다. 이런 사실을 모르는 사람은 아무도 없습니다. 우리들이 죽을 때는 아무도 아무것도 동행할 수 없습니다. 잘 알고 있으면서 재물에 눈이 먼 사람들은 자자손손 먹고 살 돈을 벌려고 안간힘을 쏟아 붓고 있습니다. 대물림 본능 때문입니다. 죽을 때 놓아두고 가도 후손에 의해 지켜진다는 생각 때문에 인간은 죽어라고 재물을 모으는 일에 매달리고 있습니다. 결국 인간은 죽을 때 아무것도 가지고 갈 수 없다고 생각하면서도 대대손손 그 재물을 지키려는 본능이 있습니다. 자손에게 재물을 물려주고 가는 것은 죽을 때 무덤에 들고 가는 것과 같은 일입니다. "내가 죽을 때가 다되었는데 무슨 욕심이 있겠어!"라고 하는 사람은 뒷생각을 하는 사람들로서 절대 믿으면 안 됩니다. 저 같으면 80%는 사회에 헌납하고 나머지는 자손에게 물려줄 것입니다. 저는 아직 많은 돈을 벌지는 않았지만 절대 재물을 후손에게 다 물려주는 일은 하지 않을 것입니다. 재물은 살아 있는 동안에 내가 걸친 의복과 같습니다. 죽어서 입을 수 없는 옷을 되 물림 하는 것은 이치에 맞지 않습니다. 한 번 입은 옷을 수없는 대물림 하면서 대대로 입히는 것이나 물질을 대대로 물려주는 것이나 다르지 않습니다.

"그렇게 다물려 주면 누가 돈을 벌려고 하겠습니까!"

"그렇게 되면 경쟁은 사라지고 사회는 더디게 발전합니다!"

이런 말을 하는 사람들이 있습니다. 벌어서 후손에게 대물림하지 않으면 무슨 재미로 돈을 벌려고 하겠느냐는 것입니다. 심지어는 경제 활동이 멈추어버릴 수 있다는 괴변을 늘어놓는 사람들도 적지 않습니다. 하지만 후손에게 주는 것보다 사회에 남기는 것이 더 보람 있고 아름다운 일입니다.

벌어들인 재물을 가지고 세상 모든 사람들이 의롭게 사용하고 세상을 이롭게 사용해 간다면 죽어서도 영광일 것이고. 버는 일에도 기준이 바로 설 것입니다. 살아 있는 동안에는 무엇을 위해 쓰고 죽어서는 누구에게 남기느냐가 중요한 일입니다. 좀 더 편안하고 모두가 행복한 세상을 위해 헌신할 수 있는 기업가의 정신이 필요한 시대입니다. 살아서야 돈이면 다된다는 말이 이해가 될 만큼 우리에게 물질은 생존 그 이상입니다.

그러나 죽어서는 돈이 면 다 되는 것이 아니라 죽으면 그만입니다. 물질을 축적하는 데는 인격이 따라야 합니다. 돈이면 다 되는 세상이 아니라 물질로 얻을 수 없는 행복이 넘쳐나는 세상이 왔을 때 우리는 물질의 빈곤 때문에 정신의 풍요를 잃어버리는 불행으로부터 벗어날 수 있습니다.

돈이면 다 된다는 사람이 있었습니다. 그 사람에게 어디 한 번 증명해보라고 말해보았습니다. 그는 우선 여자와의 사랑을 살 수 있다고 했습니다. 그 다음으로 자동차, 건물, 멋진 옷, 권력, 향락, 땅, 보물 등 돈으로 살 수 있는 것들을 늘어놓았지만 결국 한 가지는 돈으로 살 수 없다고 고백했습니다. 그것은 바로 우리가 추구하는 행복이었습니다. 행복은 절대 돈으로 살 수 없습니다.

돈으로 살 수 없는 것이 또 있습니다. 그것은 바로 단 한 번 주어진 우리의 인생입니다. 돈이 아무리 많은들 두 번 태어날 수 없습니다. 우리는 한 번의 인생입니다. 그런데 우리는 돈으로 살 수 없는 소중한 인생을 돈을 벌기 위해 낭비하고 돈을 지키기 위해 또한 소중한 행복을 잃어버리는 실수를 하면서 살아갑니다. 물질이 숭배 받는 세상이니 돈을 벌려고 노력은 해야겠지만 그 과정에서 자신의 소중한 인생을 잃어버리지 않는 지혜가 필요합니다.

또한 그가 돈으로 사랑을 산다고 했지만 그것은 물질과 교환을 한 것뿐이지 사랑을 쟁취한 것은 아닙니다.

물질을 유혹하되
물질에 유혹당하지는 마라.
물질을 지배하되
물질에 지배당하지는 마라.
물질은 여행을 마치고 나면
필요가 없는

열차표와 같은 것이다.
잠시의 소유는 필요하나
오래도록 동행하지는 마라.
돈이 인생의 전부라고 하나
많이 가진 자 결코
행복하지만은 않다.
돈이 인생의 전부가 아니라는 사실이다.
우리에게 필요한 것은
많은 물질이 아니라
스스로를 위안 받는 기술이다.
능히 슬픔을 잠재우고
시련 앞에 담대한 것이
많은 것을 가진 자보다
행복하다.

성공과 실패는 사돈지간입니다

이 둘은 사돈지간처럼 서로 엉켜 관계를 갖고 살아 갑니다. 서로 밀고 당기면서 우리의 인생을 조종해 나가게 됩니다.

때가 이른 것 같으면 성공이 짠하고 나타나고 아직은 아니다 싶으면 실패가 자리를 잡고 있습니다. 우리들은 이 둘의 중간에 껴서 인생을 살아갑니다. 한 가닥 희망은 둘 다 손을 내미는 사람에게 다가 간다는 사실입니다. 내가 성공과 관계를 갖기 위해 무던히 노력을 했는데 성공이 손을 뿌리치고 실패가 그 자릴 대신하지는 않습니다.

자신이 실패를 하게 된 동기가 마음은 성공을 희망했으나 실패할 수 없는 선택과 판단을 하고 있었다는 사실에 겸허해질 필요가 있습니다. 운명은 나의 판단과 선택과 노력의 산물입니다. 판단하는 데서부터 이미 운명은 그 길을 달리 합니다. 첫째는 잘 판단하는 일이 중요합니다. 균형 잡힌 판단이 실패와 교류하느냐, 성공과 교류하느냐에 관여하게 됩니다. 그래서 합리적인 판단을 갖는 것이 중요합니다.

나는 정말 운이 없다고 외치는 사람들이 있습니다. 정말 운이 없는 사람도 있겠지만 운이 내 인생을 관여하고 조종하는 것은 극히 일부입니다. 아무리 운이 좋은 사람일지라도 음식이 맛없는 집에 손님이 가지 않습니다. 운이 좋게 태어난 꽃이 있다고 합시다. 향기가 나지 않고 꿀이 없는데 벌이 날아들지 않습니다. 재수가 없다고 하는 말은 변명에 가깝습니다. 친절하고 신의가 있는 사람에게 사람이 모여 들고. 열심히 기술을 연마하고 공부한 사람을 찾아 귀하게 사용합니다. 사람들은 자신의 노력과 정성이 부족한 것을 생각하지 않고 운이 없다는 말로 대체하고 위안을 삼으려고 합니다. 이름을 바꾸고 점집을 찾아 갑니다. 천장이 금이 갔는데 빗물이 스며들지 않은 것은 오히려 이상한 일입니다. 자신이 바뀌지 않는데 좋은 운이 다가올 리가 없습니다.

오직 노력만이 행운을 가질 수 있는 기회를 무제한적으로 제공을 받습니다.

꿈을 꾸는 자에게 태양은 지지 않습니다.

소망하는 결과가 작을지라도
밤새 그 소망의 북을 울려라.
운이 내 운명을 치장하는 일은
만 가지 빗줄기의 한 방울 같고
살아온 생애의 한 순간 같은 것
오직 부딪혀서 그 너머에 있을
행복의 화원에 스스로 당도하라.
수없는 넘어짐은 가는 길의 시험일 뿐
노력의 씨앗이 자라서 열매가 되고
그 씨앗은 다시 성공이 된다.

독도

      독도를 미해결과제로 남겨 놓고 대한민국의 역사를
말 하는 데는 역사적 오류가 있습니다. 일본이 독도를 자국영토
라고 주장하는 것은 부모에게 달려가 자식을 내놓으라는 억지 주
장과 다르지 않습니다. 남의 영토를 자국영토라는 주장을 멈추지
않는 한 일본의 진보는 죽은 것과 마찬가지입니다. 고로 더 이상
역사 발전은 없을 것입니다. 왜곡된 역사는 역사가 아니기 때문이
지요. 자기가 낳은 자식을 입양 보내는 일은 입장에 따라서 일부
허용이 되는 일이나 대한민국은 죽는 한이 있더라도 독도를 일본
으로 입양 보내지는 않을 것임을 일본은 똑똑히 인식해야 합니다.
  일본이 망언을 멈추지 않는 것은 그들의 정신이 망령이 들었다
는 것을 반증합니다. 일본 정부가 독도를 자기네 땅이라고 우기는
망언을 일삼을 때마다 자국 국민 전부를 욕 먹이는 짓이고 지성
을 벌거벗기는 일이 됩니다. 독도를 짝사랑하는 일본은 그 사랑이
언젠가는 정리되어야 할 불륜임을 알아야 합니다. 사실이 아닌 역
사를 사실로 간주하는 이상 일본의 정체성은 인류에 존재하지 않

습니다. 북한의 김정은이나 일본의 아베 총리나 남의 영토를 넘보는 점에서는 같습니다. 아베 총리는 더 이상 일본의 양심을 살해하는 역사 살인범이 되지 말아야 할 것입니다.

독도는 한일관계를 악화시키는 분쟁의 씨앗이 아니라 선린우호와 이웃사촌으로 살아가는 평화의 씨앗이 되도록 일본은 당장 독도를 향한 야욕을 버려야 합니다.

이웃이 없는 집은 도둑이 드는 법이지요. 만약 일본이 대한민국이라는 이웃을 버린다면 곧바로 도둑이 들어서 모든 것을 잃게 될 것입니다. 일본은 독도를 자기네 것이라고 우기는 순간 미래의 모든 가치를 내다 버린 것과 같기 때문이지요. 독도를 자기네 것이라고 주장하는 것은 일본의 패망이 얼마 남지 않았다는 사실을 만천하에 공표하는 것과 같습니다. 오죽하면 섬 하나에 목숨을 거는 것일까요? 우리는 우리 자신을 포기할지라도 독도를 포기하지 않습니다. 이것이 대한민국의 정신이지요. 독도는 우리의 땅이라고 외치는 함성은 사실관계의 증언이 아니라 일본을 향한 준엄한 가르침입니다. 독도는 일본을 패망으로 이끄는 독약이므로 삼키면 안 됩니다. 독도가 말이 없는 섬이라고 함부로 망언을 일삼지 마십시오. 독도는 말을 하지 않되 엄연히 살아 있는 대한민국의 숨결입니다. 망언은 패망의 지름길입니다. 일본이 자국 학생들에게 남의 영토를 자기네 것이라고 가르치는 순간, 그들의 머리와 가슴속에서 일본의 발전을 위한 지성은 성장할 수 없을 것입니다. 거짓으로 국민을 가르치는 것은 참교육이 아니지요.

독도를 향한 망언이 바다를 진노케 하고 땅을 진노케 하여 결국은 종자 하나 없이 일본을 망하게 할 것입니다. 일본은 독도로 인해 가장 수치스러운 국가로 점점 전락하고 있습니다.

남의 영토를 자기 것으로 주장하는 것은 국민들로 하여금 나라를 사랑하게 만드는 교훈이 되지 않습니다. 남의 것이 내 것이고, 내 것이 남의 것인데 어찌 애국심이 생길 수 있겠습니까.

대한민국 사람들은 수도인 서울보다 독도를 더 많이 사랑하고 있습니다. 이러한 사실의 인식 위에서 아베의 역사관이 재정립되어야 일본의 미래가 있을 것입니다. 이웃이 없는 사람이 불행하고 외롭듯이 이웃이 없는 국가 역시 외롭고 불행한 것이지요. 아베 당신은 독도를 자국영토로 삼기 위해 별별 수단을 다 동원하고 있지만 그대 가슴 속에서 조용히 움터 나오는 독도는 한국 땅이라는 음성을 매일매일 듣고 있을 것입니다.

그 역사적인 진실의 음성을 억누르고 잊기 위해 애쓰면서 살아가는 당신이 불쌍합니다. 일본 정부는 국가의 명예를 죽이는 광기의 시대 사기극을 멈추고 일본 국민에게 명예를 돌려주어야 할 책임이 있습니다.

독도는 침묵의 섬이 아니라 철학의 섬이요, 사상의 섬이며, 대한민국 영토임을 선언하는 함성의 섬입니다.

독도의 가치를 논할 때 단순히 영토의 영역을 넓히는 섬으로 생각하는 것은 독도를 지키는 바른 생각이 아닙니다. 독도는 대한민국의 전부와 같습니다. 입으로만 독도를 사랑하는 것은 불륜과도 같습니다. 독도가 분쟁의 도구로 사용되는 것을 수수방관하는 것은 대한민국의 역사적 정신이 쇠퇴하고 있다는 사실을 반증합니다. 독도는 우리 것이라고 분명히 말해야 합니다.

분명히 인식하고 분명히 선을 그어야 합니다. 그것이 진정 독도를 사랑하는 길이요, 나라를 지키는 일입니다. 독도는 천연기념물이 아닙니다. 일본의 침략을 눈감고 있으면서 어찌 천연기념물이라고 말할 수 있겠습니까. 독도는 천연기념물을 넘어 찬란한 우리의 영토요, 우리 자신입니다.

일본이 독도를 자기네 땅이라고 망언을 일삼는 것은 독도를 자기네 것이라고 말하는 것이 아니라 대한민국을 자기네 것이라고 말하는 것과 같습니다. 그러므로 독도를 지키고 사수하는 일에는 단순히 섬이라는 인식의 틀에서 벗어나 국가라는 포괄적인 개념을 갖고 있어야 하지요.

독도를 사랑하는 사람은 많이 있습니다. 그러나 독도를 지키려는 사람은 그리 많지 않지요. 바로 이것이 독도가 슬픈 이유이고 일본이 망언을 중단하고 있지 않는 이유입니다.

저는 독도에 '독도는 우리 땅'이라는 '국민 1,000만 서명 비석 세우기 운동'을 동시에 전개하려고 합니다. 독도는 소리로서 지켜지는 것이 아니라 굳건한 민족애로 지켜지는 것입니다. 독도를 망언의 구실로 삼도록 방치하는 것은 21세기 평화를 깨는 불행을 키우는 꼴이 되고 말 것입니다. 하루 속히 일본의 망언을 멈추게 하는 것, 이것이 진정한 독도 사랑의 출발입니다.

독도를 향해 망언을 쏟아낼수록 일본의 역사가 흔들리고 역사의 생명력과 국운이 쇠락하게 된다는 사실을 일본은 명백하게 알아야 합니다.

독도는 우리 땅이면서 우리의 심장입니다. 독도를 사랑하는 것은 나라를 사랑하는 길이요, 자신을 사랑하는 길입니다.

독도에 대한 일본의 야욕은 전쟁의 시작과 다르지 않은 침략행위입니다. 한일관계가 정상화되려면 일본이 독도를 향한 망언을 멈추어야 합니다. 독도가 홀로 자신을 지키도록 방치하는 것은 나라를 일본에 파는 행위와 같고 전쟁을 묵인하는 항복행위와 다르지 않습니다.

독도는 말없이 서 있지 않고 일본의 침략에 울부짖고 있습니다. 일본이 독도를 자기네 것이라고 우기는 것은 일제강점기에 벌이던 창씨개명과 같은 짓입니다.

한일관계의 정상화 때문이라는 빌미로 스스로를 위안삼아 일본의 독도 영구화 작업을 눈감고 바라보는 것은 자신의 살을 베어가는 자를 그냥 바라보는 것과 다르지 않다고 볼 수 있습니다.

독도는 이름이 바뀌는 것을 원하지 않고 일본의 영토가 되는 것을 원하지도 않으며 망언을 일삼는 일본과 손잡는 대한민국을 원하지도 않습니다.

또한 반세기 넘도록 이어지는 독도 영유권 문제가 결론나지 않는 상황에 대해 국민에게 그 책임을 묻고 있는 것입니다. 독도를 잃어버리고 사는 것은 대한민국을 잃어버리고 사는 것과 같습니다. 일본은 독도에 미련을 두는 한 영원히 신사의 나라가 될 수 없고 국제사회의 일원이 될 수 없습니다. 독도 사랑은 나라 사랑의 기원이고 완결입니다.

미친 소(미친 역사에 바치는 소회)

주제는 없고 이미지만 살아 있다.

남아 있는 것은 착각의 오아시스. 화려한 물상들의 무대에서 살아 있는 대중의 내면은 죽었다. 배운 지식은 근본 없는 사생아가 된지 오래다. 무엇을 위해 누구를 위해 희생하는 일은 모두 개인의 양식이 되어 버렸다. 누군가 요란스럽게 펼치는 요염한 라인이 저마다의 뇌 속에 잠행해 들어와 매일매일 우리를 넘어트리고 있다.

그들이 꾸민 영상의 밥상을 쳐 먹고 거부하지 않은 노예가 된 그대와 내가 오늘의 시민 대중이다. 함께 동행 하는 길은 막혔고 손을 잡고 동반하는 자들은 모두 하나 같이 잡은 손은 놓고서 당당히 서로를 향해 힘찬 노략질에 나섰다.

이익으로 뭉친 고개든 소리꾼들. 그들이 가꾸고 있는 삶의 울타리는 서 있기조차 숨 가쁘게 메말라 있다. 세상은 미친 소들의 행군소리에 요란하다.

내용이 사라진 교과서를 들고 선군의 위용을 뽐내는 자들아!

역사의 거울에 침 뱉는 자들아!

미친 자들아! 미친 자들아!

자본에 빠져 돌아가는 미친 자들아!

거죽만 지성이고, 모양만 애국이고, 스타가 아니면 사람대우조차 받지 못하는 미친 세상에서는 그림자로 목숨 부지하는 일조차 내게는 힘겨운 노동이다.

지도자! 지도자! 그대들이 그렇게 외치는 지도자!

무슨 생각으로 아침을 맞이하고 무슨 생각으로 해를 보내는가!

그대가 맞이한 아침은 그대를 위한 아침이지, 역사를 위한 아침이 아니지 않는가!

그리고 정치를 탓하고 손가락질하며 그 사이를 틈타 정치권력보다 더 권력화를 이루고 더 부도덕하게 변질된 이 땅의 주류 언론, 주류 방송들.

그들이 노략질하는 것은 사회 정의이고, 그들이 추락시키는 것은 사회 정의이다.

그들이 살려내는 것은 대중을 죽이는 뇌 없는 연예인뿐이다.

모든 살아가는 자들 위에 군림하며 공기의 역할에 스스로 포상과 명예를 주고 하는 일 없이 포장이 예쁜 소식만을 날라다 대중의 뇌 속을 비우고 또 비워 불필요한 정보를 강제 이식하는 너희들의 노동으로 시대의 아침은 그래서 어둡다.

난센스의 정보 전달자.

대중문화의 살인마.

그대 주류 언론의 자화상이다.

방향성은 없고 알맹이 없는 소식 나르기에 열성적으로 매달리며 그대들은 민중의 주머니를 털고 있다.

편향된 소식으로 역사에 혼돈을 주입하는 마약 주사기와 다르지 않은 너희들.

대중의 뇌를 죽여 놀자판, 호기심판, 중독자로 만들면서 너희 스스로도 중독자가 되어 버렸다는 사실을 깨닫지 못하기에 대중보다 불쌍한 처지인지 모른다.

유명해야 주류이고 대중이 많이 읽어야 주류가 아니다. 시대의 핵심을 외면하고 대안을 만들지 못하는 이 땅의 모든 주류는 주류가 아니다.

진정한 주류는 역사의 방향성을 제시하는 역할을 수행해야 한다.

지방지는 어떠한가!

그들은 지역의 역사를 더듬고 시민이 나아갈 방향과 서로 협력하고 어우러지는 길을 찾아서 제공한다.

그들이야말로 공기의 적임자요, 시대의 빛나는 아침이다.

그대들이 만드는 정보의 밥상을 스스로 면밀하게 검토해보라. 만든 자의 입장이 아닌 먹는 자의 입장에 서 보라. 그대들이 만드는 음식이 얼마나 썩었는지 알 수 있을 것이다.

정보도 상품이다. 그대들은 유통질서도 없고 소비자를 생각하는 존엄성도 없다. 아무도 그대들의 권력에 맞서는 자가 없고 검열을 하는 자 없으니 그야말로 부패한 정보가 아닐 수 없다.

나는 오늘부터 맹세한다.

죽어도 그대들의 재료는 되지 않을 것이다.

독도가 보내온 편지

　　　　　이곳은 적들의 망언으로 포위되어 있다. 어느 때는 말 말굽 소리도 들려온다. 나를 타고 올라서는 병사도 있는 듯하다. 불현듯 내가 함락된 것은 아닌지 소스라치게 놀라는 때도 있다. 그대들이 알듯이 나는 아름다운 섬이 아니다. 나와 같이 이곳에 홀로 하루를 지내본다면 내가 아름다운 섬이 아니라는 사실을 알게 될 것이리라.

　일본의 망언으로 시커멓게 물들여진 바다에 몸을 담고 홀로 사는 일이 이제는 두렵다. 여기가 내 민족과 이대로 이별할 무덤인가 싶기도 하다. 저들이 쏟아 놓는 달콤한 구애를 물리치며 나는 수백 년 세월을 지켜왔다.

　최근 저들의 망언은 잠도 자지 않고 동트기 전부터 일찌감치 내 침소에 다가와 내 순결을 만지작거리며 희롱하고 있다. 나는 어제도 오늘도 동해의 망루에 올라서서 나를 치기 위해 달려드는 적장의 창을 막아 내느라 기진맥진해 있다.

　나는 진정 누구의 것인가! 큰소리로 말해 달라. 그들은 오늘도 물러서지 않고 나와 밤사이 동거를 했다. 나는 손이 없고 발이 없고 또 움직일 수도 없는 신세인지라 아무런 대항을 하지 못하고 적들의 망언에 온종일 농락당했다. 파도를 타고 매일 달려와 아우성치는 적장들의 함성은 매일 그렇게 나를 더듬어 내리며 고백을 하고 있다. 독도는 일본 땅이라고. 내가 그들의 것이라고. 이제 그만 품에 안기라고. 아무도 나를 지키지 못하며 그대의 순정을 알아주지 않는다고.

그러나 대한민국이여! 나의 조국이여! 오직 그대만을 사랑하는 내 순정 여기 이곳에서 살아 있을 터이니, 누가 내 대신 함성을 크게 질러 달라. 독도의 조국은 대한민국이다. 독도는 대한민국의 영토이다. 그리고 그대들 모두 독도는 우리 땅이라고 크게 외쳐 달라. 적장의 헛바닥에서 쏟아지는 망언보다 더 큰 함성으로 나를 사랑하고 있음을 고백해 달라······.

● 생각 신하나.

독도를 말하다

　　　　　일본의 독도침략은 독도 하나를 향한 침략이 아니라 대한민국 전체를 향한 도발이라는 점을 폭넓게 인식하지 않으면 안 됩니다. 침략 역사의 죄과를 진심으로 사과하지 않은 채 겉으로는 선린외교를 외치면서 독도를 자국영토로 영구 귀속화 및 고착시키려는 저의를 버리지 않는 것은 대한민국을 지속적인 미래 선린동반자로 간주하지 않고 수탈과 침략의 대상으로 여기고 있다는 점을 명백히 증명하고 있습니다. 독도가 자국영토임을 천명하는 순간부터 일본과 한국은 전쟁이 시작된 것과 다르지 않습니다. 총칼을 앞세우고 쳐들어와야 침략은 아니지요.

　역사적인 진실을 왜곡시키는 그들의 저의는 현재 진행형의 도발이면서 미래의 전쟁을 꿈꾸는 것과 진배없습니다.

　가까운 이웃나라의 관계를 유지·발전시키는 뜻을 가진 이웃이라면 과거의 죄과에 대해 진심으로 용서를 구하는 것이 순서인데 진심으로 사과를 하기는커녕 역사적인 진실의 가치를 짓밟으면서 버젓이 남의 영토를 자국영토라고 호언하는 침략 잔치를 벌이고 있는 있음에 심히 격노하지 않을 수 없습니다.

이와 같은 사실은 일본이 대한민국을 선린동반의 관계로 여기지 않고 차후 전쟁의 상대로 삼고 있다는 명징한 사실에 직면합니다. 그런데도 나는 일본이 독도영유권주장 관점에 일대 변화가 있을 것이라는 희망을 버리지 않고 한일공동평화하우스를 추진하기도 했었습니다.

그러나 최근 일본 정부와 국민까지 나서서 독도를 자국영토로 천명하는 독도자국영토 영구화 강경발언을 보면서 민간 선린외교의 꿈조차 조심해서 접근하지 않거나 분명한 입장정리가 준비되지 않으면 위험하다는 결론에 도달하게 되었습니다.

역사를 지키고 나라를 지키는 일은 감성이 아닌 냉철한 이성적 대응이 필요합니다.

일본이 진정한 이웃이 되려면 독도를 자국영토가 아니라는 사실을 국제사회 만방에 천명해야 합니다. 과거의 죄과를 뛰어넘는 아량은 가지고 있어야 하나 두 눈 뜨고 자행되는 독도 침략 야욕에 온 국민의 뜨거운 애국심과 독도를 지키는 5천만 함성으로 엄숙하게 대응해야 할 때임을 만천하에 호소하는 바입니다.

살아 있는 자의 유서[전문]

사람으로 태어나 주어진 시간 여행의 몫을 다하지 못하고 스스로 떠나갑니다. 길을 나서는 긴 인생보다 짧다는 인생이 더 길게 느껴지는 고달프고 사해 같은 시간 여행이었습니다. 한동안 사람의 도리를 하지 못하고 살아왔습니다. 그 흔적이 나를 이 땅에 발붙이고 살면서 새로운 인생을 살아가도록 이끌어주는 힘이었습니다. 그래서 나름은 열심히 시도하며 길을 재촉했습니다.

어두운 과거를 가진 사람도 열심히 살면 기회가 주어지는 사회인 줄 알고는 연마하고 노력했지요.

그러나 삶의 지형이 보편적이지 않고 우리 같은 아웃사이더가 넘어서기에는 너무 두터운 벽이 세워져 있다는 사실에 겸허해지지 않을 수 없었습니다.

세상의 위기를 먹이 삼는 배짱도 있었고. 나라와 민족을 위해 봉사하고 싶은 신념과 열정도 적지 않았습니다.

사회 발전과 변화를 위해 나름은 적지 않은 기여를 해온 사실도 있습니다. 저의 최근 관심은 일본의 독도 영유권 문제였지요.

한 가지만 전달하고자 합니다.

어느 날 독도가 일본 영토로 교과서에 기록된 사건을 놓고 저는 분명한 영토 침략전쟁으로 간주하게 되었습니다.

자존심이 상했습니다.

일본이 민족의 자존심에 큰 상처를 안겨준 것인데도 사람들은 너무나도 태평했습니다.

총을 사용하지 않고 영토를 앗아가는 그들의 기만전술과 은밀하고 치밀한 전쟁 행위를 멈추게 하고 싶었고 독도의 순결을 더 이상 유린당하게 놓아두고 싶지 않았습니다.

그들은 우리를 너무나도 잘 알고 있습니다.

"모래."

그들이 생각하는 우리 민족의 이름입니다.

그러기에 남의 자식을 자신의 호적에 올리는 오만의 야욕을 멈추지 않는 것입니다. 가슴이 아플 만큼 수치스러워 견딜 수가 없었습니다.

저는 우리 민족의 이름을 바꾸고 싶었습니다.

그래서 2013년 5월 4일 오후 1시 저는 전 국민 독도는 우리 땅 동시 함성대회를 기획하여 추진하게 되었습니다.

한날한시 동시함성.

어찌 보면 아무런 일도 아닌 듯하지만 세계적으로 없는 대한민국의 정신이 위대해지는 운동입니다.

기자님과 저뿐 아니라 우리 모든 국민은 대한민국 사람은 안 된다는 말을 하고 살아왔고 지금도 그런 말을 사용하며 지내고 있습니다.

그것은 우리가 하나로 뭉친 역사적인 전례가 없기 때문입니다. 지역. 이념. 계층. 출신으로 나누어진 사실과 다툼과 분열의 역사만을 보거나 스스로 분열을 부추기는 데 참여하는 삶을 살아 왔기 때문입니다. 저는 우리 민족은 "안 돼"라는 말을 "우리 민족은 돼", "우리는 하나로 뭉치는 저력이 있다"는 말로 바꾸어 놓고 싶다는 생각을 하게 되었습니다.

이것이 바로 541운동을 시작하게 된 동기입니다.

이번 행사는 사랑하는 나의 동생 겸 제자인 이상부와 단둘이 시작을 했습니다. 행사를 진행하는 중 많은 애국지사 분들이 하나둘 모여들기 시작했습니다. 네티즌의 순수한 애국심도 들여다볼 수 있었습니다. 정말이지 감사하게도 많은 언론에서 다루어 주셨습니다.

그러나 이 운동은 아직까지 사회적 이슈화에 성공을 하지 못했습니다. 나의 능력이 부족함에 참으로 고독이 깊습니다.

실패가 더 많은 인생이고 매우 부족한 사람이기에 가슴에 부는 바람이 차가운 것에 항의하지도 못한 채 세상 저편 언덕에 몸을 의탁하기로 했습니다.

기자님이 좀 더 적극적으로 나서 주시면 이번 행사는 우리 모두의 가슴속에 나라를 사랑하고 독도를 사랑하는 애국의 선물을 하게 될 것입니다.

 부디 기자님께서 이번 운동에 친히 나서 주셔서 민족이 하나로 뭉치는 신명난 잔치가 성공적으로 치러질 수 있도록 도와주시기를 바라며 이만 물러갑니다.

 내내 건강하시고 다복한 삶이 되시기를 기원합니다.

 541 운동은 내년에도 시작됩니다.

● 생각 쉰셋.

독도야 사랑해

해가 지면 별이 날고 달이 뜨면 꽃이 잠들고
바람 타고 다가서는 우리들 가슴속의 이야기
7천만 민족의 아들, 그대 독도야!
네가 사는 곳은 대한민국 네가 잠들 곳도 대한민국
적장의 발길 떠도는 요란한 그 바다 지키며
그 절개 무사히 하늘 구름 되어 오롯하다.
오가는 발걸음 많아서 저작거리 같으나
진실로 사랑하는 자 몇 안 되는 고독한 그곳
묵묵히 천년 성을 지키는 너 애국의 전사여!
나는 애국이라 말하기 실로 부끄러워하노라.
눈감고 잠들다 이제야 깨어나 쳐다보니
그 많은 함성 그 많은 애국은 어디가고
그대 진실로 사랑하는 임자는 아직 아니오나
나 그대와 함께 성을 지키는 병사가 되지 못함을
소스라치게 놀라 벽을 바라보다 후회하노라.

2013년 5월

생각의 밀애 **181**